W0000139

SV

Hermann Hesse-Lesebücher
im Suhrkamp Verlag

»Jedem Anfang wohnt ein Zauber inne.«
Lebensstufen

»Eigensinn macht Spaß.«
Individuation und Anpassung

»Wer lieben kann, ist glücklich.«
Über die Liebe

»Die Hölle ist überwindbar.«
Krisis und Wandlung

»Das Stumme spricht.«
Herkunft und Heimat
Natur und Kunst

»Die Einheit hinter den Gegensätzen.«
Religionen und Mythen

Das Lied des Lebens
Die schönsten Gedichte
von Hermann Hesse

Hermann Hesse
»Das Stumme spricht.«

Herkunft und Heimat
Natur und Kunst

Suhrkamp

Zusammengestellt von Volker Michels
Titelbild: Hermann Hesse-Portrait von Andy Warhol

Einbandgestaltung von Henes Maier und Gloria Keetman

Erste Auflage 1986

Druck: Wiener Verlag, Himberg
Printed in Austria
ISBN 3-518-03588-6

»Das Stumme spricht.«

Die Sprache der Natur

Alles Sichtbare ist Ausdruck, alle Natur ist Bild, ist Sprache und farbige Hieroglyphenschrift. Wir sind heute, trotz einer hoch entwickelten Naturwissenschaft, für das eigentliche Schauen nicht eben gut vorbereitet und erzogen, und stehen überhaupt mit der Natur eher auf dem Kriegsfuß. Andere Zeiten, vielleicht alle Zeiten, alle früheren Epochen bis zur Eroberung der Erde durch die Technik und Industrie, haben für die zauberhafte Zeichensprache der Natur ein Gefühl und Verständnis gehabt, und haben sie einfacher und unschuldiger zu lesen verstanden als wir. Dies Gefühl war durchaus nicht ein sentimentales, das sentimentale Verhältnis des Menschen zur Natur ist noch ziemlich neuen Datums, ja es ist vielleicht erst aus unserem schlechten Gewissen der Natur gegenüber entstanden.

Der Sinn für die Sprache der Natur, der Sinn für die Freude am Mannigfaltigen, welche das zeugende Leben überall zeigt, und der Drang nach irgendeiner Deutung dieser mannigfaltigen Sprache, vielmehr der Drang nach Antwort ist so alt wie der Mensch. Die Ahnung einer verborgenen, heiligen Einheit hinter der großen Mannigfaltigkeit, einer Urmutter hinter all den Geburten, eines Schöpfers hinter all den Geschöpfen, dieser wunderbare Urtrieb des Menschen zum Weltmorgen und zum Geheimnis der Anfänge zurück ist die Wurzel aller Kunst gewesen und ist es heute wie immer. Wir scheinen heute der Naturverehrung in diesem frommen Sinn des Suchens nach einer Einheit in der Vielheit unendlich fern zu stehen, wir bekennen uns zu diesem kindlichen Urtrieb nicht gern und machen Witze, wenn man uns an ihn erinnert. Aber wahrscheinlich ist es dennoch ein Irrtum, wenn wir uns und unsere ganze heutige Menschheit für ehrfurchtlos und für unfähig zu einem frommen Erleben der Natur halten. Wir haben es nur zur Zeit recht schwer, ja es ist uns unmöglich geworden, die Natur so harmlos in Mythen umzudichten und den Schöpfer so kindlich zu personifizieren und als Vater anzubeten, wie es andere Zeiten tun konnten. Vielleicht haben wir auch nicht unrecht, wenn wir gelegentlich die Formen der alten Frömmigkeit ein wenig seicht und spielerisch finden, und wenn wir zu ahnen glauben, daß die gewaltige, schicksalhafte Neigung der modernen Physik zur Philosophie im Grund ein frommer Vorgang sei.

Nun, ob wir uns fromm-bescheiden oder frech-überlegen benehmen mögen, ob wir die früheren Formen des Glaubens an die Beseeltheit der Natur belächeln oder bewundern: unser tatsächliches Verhältnis zur Natur, sogar dort wo wir sie nur noch als Ausbeutungsobjekt kennen, ist eben dennoch das des Kindes zur Mutter, und zu den paar uralten Wegen, die den Menschen zur Seligkeit oder zur Weisheit zu führen vermögen, sind keine neuen Wege hinzugekommen. Einer von ihnen, der einfachste und kindlichste, ist der Weg des Staunens über die Natur und des ahnungsvollen Lauschens auf ihre Sprache.

»Zum Erstaunen bin ich da!« sagt ein Vers von Goethe.

Mit dem Erstaunen fängt es an, und mit dem Erstaunen hört es auch auf, und ist dennoch kein vergeblicher Weg. Ob ich ein Moos, einen Kristall, eine

Blume, einen goldenen Käfer bewundere oder einen Wolkenhimmel, ein Meer mit den gelassenen Riesen-Atemzügen seiner Dünungen, einen Schmetterlingsflügel mit der Ordnung seiner kristallenen Rippen, dem Schnitt und den farbigen Einfassungen seiner Ränder, der vielfältigen Schrift und Ornamentik seiner Zeichnung und den unendlichen, süßen, zauberhaft gehauchten Übergängen und Abtönungen der Farben – jedesmal wenn ich mit dem Auge oder mit einem anderen Körpersinn ein Stück Natur erlebe, wenn ich von ihm angezogen und bezaubert bin und mich seinem Dasein und seiner Offenbarung für einen Augenblick öffne, dann habe ich in diesem selben Augenblick die ganze habsüchtige blinde Welt der menschlichen Notdurft vergessen, und statt zu denken oder zu befehlen, statt zu erwerben oder auszubeuten, zu bekämpfen oder zu organisieren, tue ich für diesen Augenblick nichts anderes als »erstaunen« wie Goethe, und mit diesem Erstaunen bin ich nicht nur Goethes und aller andern Dichter und Weisen Bruder geworden, nein ich bin auch der Bruder alles dessen, was ich bestaune und als lebendige Welt erlebe: des Falters, des Käfers, der Wolke, des Flusses und Gebirges, denn ich bin auf dem Weg des Erstaunens für einen Augenblick der Welt der Trennungen entlaufen und in die Welt der Einheit eingetreten, wo ein Ding und Geschöpf zum andern sagt: Tat twam asi. (»Das bist Du.«)
Wir sehen auf das harmlosere Verhältnis früherer Generation zur Natur manchmal mit Wehmut, ja mit Neid, aber wir wollen unsere Zeit nicht ernster nehmen als sie es verdient, und wir wollen uns nicht etwa darüber beklagen, daß das Beschreiten der einfach-

sten Wege zur Weisheit an unseren Hochschulen nicht gelehrt wird, ja daß dort statt des Erstaunens vielmehr das Gegenteil gelehrt wird: das Zählen und Messen statt des Entzückens, die Nüchternheit statt der Bezauberung, das starre Festhalten am losgetrennten Einzelnen statt des Angezogensein vom Ganzen und Einen. Diese Hochschulen sind ja nicht Schulen der Weisheit, sie sind Schulen des Wissens; aber stillschweigend setzen sie das von ihnen nicht Lehrbare, das Erlebenkönnen, das Ergriffenseinkönnen, das Goethesche Erstaunen eben doch voraus, und ihre besten Geister kennen kein edleres Ziel, als wieder Stufe zu eben solchen Erscheinungen wie Goethe und andere echte Weise zu sein.

Wieder steig ich und wieder
In deinen Brunnen, holde Sage von einst,
Höre fern deine goldnen Lieder,
Wie du lachst, wie du träumst, wie du leise weinst.
Mahnend aus deiner Tiefe
Flüstert das Zauberwort;
Mir ist, ich sei trunken und schliefe
Und du riefest mir fort und fort ...

Kindheit des Zauberers

Nicht von Eltern und Lehrern allein wurde ich erzogen, sondern auch von höheren, verborgeneren und geheimnisvolleren Mächten, unter ihnen war auch der Gott Pan, welcher in der Gestalt einer kleinen, tanzenden indischen Götzenfigur im Glasschrank meines Großvaters stand. Diese Gottheit, und noch andre, haben sich meiner Kinderjahre angenommen und haben mich, lange schon ehe ich lesen und schreiben konnte, mit morgenländischen, uralten Bildern und Gedanken so erfüllt, daß ich später jede Begegnung mit indischen und chinesischen Weisen als eine Wiederbegegnung, als eine Heimkehr empfand. Und dennoch bin ich Europäer, bin sogar im aktiven Zeichen des Schützen geboren, und habe mein Leben lang tüchtig die abendländischen Tugenden der Heftigkeit, der Begehrlichkeit und der unstillbaren Neugierde geübt. Zum Glück habe ich, gleich den meisten Kindern, das fürs Leben Unentbehrliche und Wertvollste schon vor dem Beginn der Schuljahre gelernt, unterrichtet von Apfelbäumen, von Regen und Sonne, Fluß und Wäldern, Bienen und Käfern, unterrichtet vom Gott Pan, unterrichtet vom tanzenden Götzen in der Schatzkammer des Großvaters. Ich wußte Bescheid in der Welt, ich verkehrte furchtlos mit Tieren und Sternen, ich kannte mich in Obstgärten und im Wasser bei den Fischen aus und konnte schon eine gute Anzahl von Liedern singen. Ich konnte auch zaubern, was ich dann leider früh verlernte und erst in höherem Alter von neuem lernen mußte, und verfügte über die ganze sagenhafte Weisheit der Kindheit.

Hinzu kamen nun also die Schulwissenschaften, welche mir leichtfielen und Spaß machten. Die Schule befaßte sich klugerweise nicht mit jenen ernsthaften Fertigkeiten, welche für das Leben unentbehrlich sind, sondern vorwiegend mit spielerischen und hübschen Unterhaltungen, an welchen ich oft mein Vergnügen fand, und mit Kenntnissen, von welchen man-

che mir lebenslänglich treu geblieben sind; so weiß ich heute noch viele schöne und witzige lateinische Wörter, Verse und Sprüche sowie die Einwohnerzahl vieler Städte in allen Erdteilen, natürlich nicht die von heute, sondern die der achtziger Jahre.
Bis zu meinem dreizehnten Jahre habe ich mich niemals ernstlich darüber besonnen, was einmal aus mir werden und welchen Beruf ich erlernen könnte. Wie alle Knaben, liebte und beneidete ich manche Berufe: den Jäger, den Flößer, den Fuhrmann, den Seiltänzer, den Nordpolfahrer. Weitaus am liebsten aber wäre ich ein Zauberer geworden. Dies war die tiefste, innigst gefühlte Richtung meiner Triebe, eine gewisse Unzufriedenheit mit dem, was man die »Wirklichkeit« nannte und was mir zuzeiten lediglich wie eine alberne Vereinbarung der Erwachsenen erschien; eine gewisse bald ängstliche, bald spöttische Ablehnung dieser Wirklichkeit war mir früh geläufig, und der brennende Wunsch, sie zu verzaubern, zu verwandeln, zu steigern. In der Kindheit richtete sich dieser Zauberwunsch auf äußere, kindliche Ziele: ich hätte gern im Winter Äpfel wachsen und meine Börse sich durch Zauber mit Gold und Silber füllen lassen, ich träumte davon, meine Feinde durch magischen Bann zu lähmen, dann durch Großmut zu beschämen, und zum Sieger und König ausgerufen zu werden; ich wollte vergrabene Schätze heben, Tote auferwecken und mich unsichtbar machen können. Namentlich dies, das Unsichtbarwerden, war eine Kunst, von der ich sehr viel hielt und die ich aufs innigste begehrte. Auch nach ihr, wie nach all den Zaubermächten, begleitete der Wunsch mich durchs ganze Leben in vielen Wandlungen, welche ich selbst oft nicht gleich

erkannte. So geschah es mir später, als ich längst erwachsen war und den Beruf eines Literaten ausübte, daß ich häufige Male den Versuch machte, hinter meinen Dichtungen zu verschwinden, mich umzutaufen und hinter bedeutungsreiche spielerische Namen zu verbergen – Versuche, welche mir seltsamerweise von meinen Berufsgenossen des öftern verübelt und mißdeutet wurden. Blicke ich zurück, so ist mein ganzes Leben unter dem Zeichen dieses Wunsches nach Zauberkraft gestanden; wie die Ziele der Zauberwünsche sich mit den Zeiten wandelten, wie ich sie allmählich der Außenwelt entzog und in mich selbst einsog, wie ich allmählich dahin strebte, nicht mehr die Dinge, sondern mich selbst zu verwandeln, wie ich danach trachten lernte, die plumpe Unsichtbarkeit unter der Tarnkappe zu ersetzen durch die Unsichtbarkeit des Wissenden, welcher erkennend stets unerkannt bleibt – dies wäre der eigentlichste Inhalt meiner Lebensgeschichte.

Ich war ein lebhafter und glücklicher Knabe, spielend mit der schönen farbigen Welt, überall zu Hause, nicht minder bei Tieren und Pflanzen wie im Urwald meiner eigenen Phantasie und Träume, meiner Kräfte und Fähigkeiten froh, von meinen glühenden Wünschen mehr beglückt als verzehrt. Manche Zauberkunst übte ich damals, ohne es zu wissen, viel vollkommener, als sie mir je in späteren Zeiten wieder gelang. Leicht erwarb ich Liebe, leicht gewann ich Einfluß auf andre, leicht fand ich mich in die Rolle des Anführers, oder des Umworbenen, oder des Geheimnisvollen. Jüngere Kameraden und Verwandte hielt ich jahrelang im ehrfürchtigen Glauben an meine tatsächliche Zaubermacht, an meine Herrschaft über

Dämonen, an meinen Anspruch auf verborgene Schätze und Kronen. Lange habe ich im Paradies gelebt, obwohl meine Eltern mich frühzeitig mit der Schlange bekannt machten. Lange dauerte mein Kindestraum, die Welt gehörte mir, alles war Gegenwart, alles stand zum schönen Spiel um mich geordnet. Erhob sich je ein Ungenügen und eine Sehnsucht in mir, schien je einmal die freudige Welt mir beschattet und zweifelhaft, so fand ich meistens leicht den Weg in die andere, freiere, widerstandslose Welt der Phantasien und fand, aus ihr wiedergekehrt, die äußere Welt aufs neue hold und liebenswert. Lange lebte ich im Paradiese.

Es war ein Lattenverschlag in meines Vaters kleinem Garten, da hatte ich Kaninchen und einen gezähmten Raben leben. Dort hauste ich unendliche Stunden, lang wie Weltzeitalter, in Wärme und Besitzerwonne, nach Leben dufteten die Kaninchen, nach Gras und Milch, Blut und Zeugung; und der Rabe hatte im schwarzen, harten Auge die Lampe des ewigen Lebens leuchten. Am selben Orte hauste ich andere, endlose Zeiten, abends, bei einem brennenden Kerzenrest, neben den warmen schläfrigen Tieren, allein oder mit einem Kameraden, und entwarf die Pläne zur Hebung ungeheurer Schätze, zur Gewinnung der Wurzel Alraun und zu siegreichen Ritterzügen durch die erlösungsbedürftige Welt, wo ich Räuber richtete, Unglückliche erlöste, Gefangene befreite, Raubburgen niederbrannte, Verräter ans Kreuz schlagen ließ, abtrünnigen Vasallen verzieh, Königstöchter gewann und die Sprache der Tiere verstand.

Es gab ein ungeheuer großes, schweres Buch im großen Büchersaal meines Großvaters, darin suchte und las ich oft. Es gab in diesem unausschöpflichen Buch alte wunderliche Bilder – oft fielen sie einem gleich beim ersten Aufschlagen und Blättern hell und einladend entgegen, oft auch suchte man sie lang und fand sie nicht, sie waren weg, verzaubert, wie nie gewesen. Es stand eine Geschichte in diesem Buch, unendlich schön und unverständlich, die las ich oft. Auch sie war nicht immer zu finden, die Stunde mußte günstig sein, oft war sie ganz und gar verschwunden und hielt sich versteckt, oft schien sie Wohnort und Stelle gewechselt zu haben, manchmal war sie beim Lesen sonderbar freundlich und beinahe verständlich, ein andres Mal ganz dunkel und verschlossen wie die Tür im Dachboden, hinter welcher man in der Dämmerung manchmal die Geister hören konnte, wie sie kicherten oder stöhnten. Alles war voll Wirklichkeit, und alles war voll Zauber, beides gedieh vertraulich nebeneinander, beides gehörte mir.

Auch der tanzende Götze aus Indien, der in des Großvaters schätzereichem Glasschrank stand, war nicht immer derselbe Götze, hatte nicht immer dasselbe Gesicht, tanzte nicht zu allen Stunden denselben Tanz. Zuzeiten war er ein Götze, eine seltsame und etwas drollige Figur, wie sie in fremden unbegreiflichen Ländern von anderen, fremden und unbegreiflichen Völkern gemacht und angebetet wurden. Zu anderen Zeiten war er ein Zauberwerk, bedeutungsvoll und namenlos unheimlich, nach Opfern gierig, bösartig, streng, unzuverlässig, spöttisch, er schien mich dazu zu reizen, daß ich etwa über ihn lache, um dann Rache an mir zu nehmen. Er konnte den Blick verändern, obwohl er aus gelbem Metall war; manchmal schielte er. Wieder in anderen Stunden war er ganz Sinnbild, war weder häßlich noch schön, war weder böse noch gut, weder lächerlich noch furchtbar, sondern einfach, alt und unausdenklich wie eine Rune, wie ein Moosfleck am Felsen, wie die Zeichnung auf einem Kiesel, und hinter seiner Form, hinter seinem Gesicht und Bild wohnte Gott, weste das Unendliche, das ich damals, als Knabe, ohne Namen nicht minder verehrte und kannte als später, da ich es Shiva, Vishnu, da ich es Gott, Leben, Brahman, Atman, Tao oder ewige Mutter nannte. Es war Vater, war Mutter, es war Weib und Mann, Sonne und Mond.

Und in der Nähe des Götzen im Glasschrank, und in anderen Schränken des Großvaters stand und hing und lag noch viel anderes Wesen und Geräte, Ketten aus Holzperlen wie Rosenkränze, palmblätterne Rollen mit eingeritzter alter indischer Schrift beschrieben, Schildkröten aus grünem Speckstein geschnitten, kleine Götterbilder aus Holz, aus Glas, aus Quarz, aus Ton, gestickte seidene und leinene Decken, messingene Becher und Schalen, und dieses alles kam aus Indien und aus Ceylon, der Paradiesinsel mit den Farnbäumen und Palmenufern und den sanften, rehäugigen Singhalesen, aus Siam kam es und aus Birma, und alles roch nach Meer, Gewürz und Ferne, nach Zimmet und Sandelholz, alles war durch braune und gelbe Hände gegangen, befeuchtet von Tropenregen und Gangeswasser, gedörrt an Äquatorsonne, beschattet von Urwald. Und alle diese Dinge gehörten dem Großvater, und er, der Alte, Ehrwürdige, Gewaltige, im weißen breiten Bart, allwissend, mächtiger als Vater und Mutter, er war im Besitz noch ganz anderer Dinge und Mächte, sein war nicht nur das indische

Götter- und Spielzeug, all das Geschnitzte, Gemalte, mit Zaubern Geweihte, Kokosnußbecher und Sandelholztruhe, Saal und Bibliothek, er war auch ein Magier, ein Wissender, ein Weiser. Er verstand alle Sprachen der Menschen, mehr als dreißig, vielleicht auch die der Götter, vielleicht auch der Sterne, er konnte Pali und Sanskrit schreiben und sprechen, er konnte kanaresische, bengalische, hindostanische, singhalesische Lieder singen, kannte die Gebetsübungen der Mohammedaner und der Buddhisten, obwohl er Christ war und an den dreieinigen Gott glaubte, er war viele Jahre und Jahrzehnte in östlichen, heißen, gefährlichen Ländern gewesen, war auf Booten und in Ochsenkarren gereist, auf Pferden und Mauleseln, niemand wußte so wie er Bescheid darum, daß unsre Stadt und unser Land nur ein sehr kleiner Teil der Erde war, daß tausend Millionen Menschen anderen Glaubens waren als wir, andere Sitten, Sprachen, Hautfarben, andre Götter, Tugenden und Laster hatten als wir. Ihn liebte, verehrte und fürchtete ich, von ihm erwartete ich alles, ihm traute ich alles zu, von ihm und seinem verkleideten Gotte Pan im Gewand des Götzen lernte ich unaufhörlich. Dieser Mann, der Vater meiner Mutter, stak in einem Wald von Geheimnissen, wie sein Gesicht in einem weißen Bartwalde stak, aus seinen Augen floß Welttrauer und floß heitere Weisheit, je nachdem, einsames Wissen und göttliche Schelmerei, Menschen aus vielen Ländern kannten, verehrten und besuchten ihn, sprachen mit ihm englisch, französisch, indisch, italienisch, malaiisch, und reisten nach langen Gesprächen wieder spurlos hinweg, vielleicht seine Freunde, vielleicht seine Gesandten, vielleicht seine Diener und Beauftragten. Von ihm, dem Unergründlichen, wußte ich auch das Geheimnis herstammen, das meine Mutter umgab, das Geheime, Uralte, und auch sie war lange in Indien gewesen, auch sie sprach und sang Malajalam und Kanaresisch, wechselte mit dem greisen Vater Worte und Sprüche in fremden, magischen Zungen. Und wie er, besaß auch sie zuzeiten das Lächeln der Fremde, das verschleierte Lächeln der Weisheit.

Anders war mein Vater. Er stand allein. Weder der Welt des Götzen und des Großvaters gehörte er an, noch dem Alltag der Stadt, abseits stand er, einsam, ein Leidender und Suchender, gelehrt und gütig, ohne Falsch und voll von Eifer im Dienst der Wahrheit, aber weit weg von jenem Lächeln, edel und zart, aber klar, ohne jedes Geheimnis. Nie verließ ihn die Güte, nie die Klugheit, aber niemals verschwand er in diese Zauberwolke des Großväterlichen, nie verlor sich sein Gesicht in diese Kindlichkeit und Göttlichkeit, dessen Spiel oft wie Trauer, oft wie feiner Spott, oft wie stumm in sich versunkene Göttermaske aussah. Mein Vater sprach mit der Mutter nicht in indischen Sprachen, sondern sprach englisch und ein reines, klares, schönes, leise baltisch gefärbtes Deutsch. Diese Sprache war es, mit der er mich anzog und gewann und unterrichtete, ihm strebte ich zuzeiten voll Bewunderung und Eifer nach, allzu eifrig, obwohl ich wußte, daß meine Wurzeln tiefer im Boden der Mutter wuchsen, im Dunkeläugigen und Geheimnisvollen. Meine Mutter war voll Musik, mein Vater nicht, er konnte nicht singen.

Neben mir wuchsen Schwestern auf und zwei ältere Brüder, große Brüder, beneidet und verehrt. Um uns her war die kleine Stadt, alt und bucklig, und um sie her die waldigen Berge, streng und etwas finster, und mitten durch floß ein schöner Fluß, gekrümmt und zögernd, und dies alles liebte ich und nannte es Heimat, und im Walde und Fluß kannte ich Gewächs und Boden, Gestein und Höhlen, Vogel, Eichhorn, Fuchs und Fisch genau. Dies alles gehörte mir, war mein, war Heimat – aber außerdem war der Glasschrank und die Bibliothek da, und der gütige Spott im allwissenden Gesicht des Großvaters, und der dunkelwarme Blick der Mutter, und die Schildkröten und Götzen, die indischen Lieder und Sprüche, und diese Dinge sprachen mir von einer weiteren Welt, einer größeren Heimat, einer älteren Herkunft, einem größeren Zusammenhang. Und oben auf seinem hohen, drahtenen Gehäuse saß unser grauroter Papagei, alt und klug, mit gelehrtem Gesicht und scharfem Schnabel, sang und sprach und kam, auch er, aus dem Fernen, Unbekannten her, flötete Dschungelsprachen und roch nach Äquator. Viele Welten, viele Teile der Erde streckten Arme und Strahlen aus und trafen und kreuzten sich in unserem Hause. Und das Haus war groß und alt, mit vielen, zum Teil leeren Räumen, mit Kellern und großen hallenden Korridoren, die nach Stein und Kühle dufteten, und unendlichen Dachböden voll Holz und Obst und Zugwind und dunkler Leere. Viele Welten kreuzten ihre Strahlen in diesem Hause. Hier wurde gebetet und in der Bibel gelesen, hier wurde studiert und indische Philologie getrieben, hier wurde viel gute Musik gemacht, hier wußte man von Buddha und Lao Tse, Gäste kamen aus vielen Ländern, den Hauch von Fremde und Ausland an den Kleidern, mit absonderlichen Koffern aus Leder und aus Bastgeflecht und dem Klang fremder Sprachen,

Arme wurden hier gespeist und Feste gefeiert. Wissenschaft und Märchen wohnten nah beisammen. Es gab auch eine Großmutter, die wir etwas fürchteten und wenig kannten, weil sie kein Deutsch sprach und in einer französischen Bibel las. Vielfach und nicht überall verständlich war das Leben dieses Hauses, in vielen Farben spielte hier das Licht, reich und vielstimmig klang das Leben. Es war schön und gefiel mir, aber schöner noch war die Welt meiner Wunschgedanken, reicher noch spielten meine Wachträume. Wirklichkeit war niemals genug, Zauber tat not.

Magie war heimisch in unsrem Hause und in meinem Leben. Außer den Schränken des Großvaters gab es noch die meiner Mutter, voll asiatischer Gewebe, Kleider und Schleier, magisch war auch das Schielen des Götzen, voll Geheimnis der Geruch mancher alter Kammern und Treppenwinkel. Und in mir innen entsprach vieles diesem Außen. Es gab Dinge und Zusammenhänge, die nur in mir selber und für mich allein vorhanden waren. Nichts war so geheimnisvoll, so wenig mitteilbar, so außerhalb des alltäglich Tatsächlichen wie sie, und doch war nichts wirklicher. Schon das launische Auftauchen und wieder Sichverbergen der Bilder und Geschichten in jenem großen Buche war so, und die Wandlungen im Gesicht der Dinge, wie ich sie zu jeder Stunde sich vollziehen sah. Wie anders sahen Haustür, Gartenhaus und Straße an einem Sonntagabend aus als an einem Montagmorgen! Welch völlig anderes Gesicht zeigten Wanduhr und Christusbild im Wohnzimmer an einem Tage, wo Großvaters Geist dort regierte, als wenn es der Geist des Vaters war, und wie sehr verwandelte sich alles aufs neue in den Stunden, wo überhaupt kein fremder

Geist den Dingen ihre Signatur gab, sondern mein eigener, wo meine Seele mit den Dingen spielte und ihnen neue Namen und Bedeutungen gab! Da konnte ein wohlbekannter Stuhl oder Schemel, ein Schatten beim Ofen, der gedruckte Kopf einer Zeitung schön oder häßlich und böse werden, bedeutungsvoll oder banal, sehnsuchtweckend oder einschüchternd, lächerlich oder traurig. Wie wenig Festes, Stabiles, Bleibendes gab es doch! Wie lebte alles, erlitt Veränderung, sehnte sich nach Wandlung, lag auf der Lauer nach Auflösung und Neugeburt!
Von allen magischen Erscheinungen aber die wichtigste und herrlichste war »der kleine Mann«. Ich weiß nicht, wann ich ihn zum ersten Male sah, ich glaube, er war schon immer da, er kam mit mir zur Welt. Der kleine Mann war ein winziges, grau schattenhaftes Wesen, ein Männlein, Geist oder Kobold, Engel oder Dämon, der zuzeiten da war und vor mir herging, im Traum wie auch im Wachen, und dem ich folgen mußte, mehr als dem Vater, mehr als der Mutter, mehr als der Vernunft, ja oft mehr als der Furcht. Wenn der Kleine mir sichtbar wurde, gab es nur ihn, und wohin er ging oder was er tat, das mußte ich ihm nachtun: Bei Gefahren zeigte er sich. Wenn mich ein böser Hund, ein erzürnter größerer Kamerad verfolgte und meine Lage heikel wurde, dann, im schwierigsten Augenblick, war das kleine Männlein da, lief vor mir, zeigte mir den Weg, brachte Rettung. Er zeigte mir die lose Latte im Gartenzaun, durch die ich im letzten bangen Augenblick den Ausweg gewann, er machte mir vor, was gerade zu tun war: sich fallenlassen, umkehren, davonlaufen, schreien, schweigen. Er nahm mir etwas, was ich essen wollte, aus der Hand,

er führte mich an den Ort, wo ich verlorengegangene Besitztümer wiederfand. Es gab Zeiten, da sah ich ihn jeden Tag. Es gab Zeiten, da blieb er aus. Diese Zeiten waren nicht gut, dann war alles lau und unklar, nichts geschah, nichts ging vorwärts.

Einmal, auf dem Marktplatz, lief der kleine Mann vor mir her und ich ihm nach, und er lief auf den riesigen Marktbrunnen zu, in dessen mehr als mannstiefes Steinbecken die vier Wasserstrahlen sprangen, turnte an der Steinwand empor bis zur Brüstung, und ich ihm nach, und als er von da mit einem hurtigen Schwung hinein ins tiefe Wasser sprang, sprang auch ich, es gab keine Wahl, und wäre ums Haar ertrunken. Ich ertrank aber nicht, sondern wurde herausgezogen, und zwar von einer jungen hübschen Nachbarsfrau, die ich bis dahin kaum gekannt hatte, und zu der ich nun in ein schönes Freundschafts- und Neckverhältnis kam, das mich lange Zeit beglückte.

Einmal hatte mein Vater mich für eine Missetat zur Rede zu stellen. Ich redete mich so halb und halb heraus, wieder einmal darunter leidend, daß es so schwer war, sich den Erwachsenen verständlich zu machen. Es gab einige Tränen und eine gelinde Strafe, und zum Schluß schenkte mir der Vater, damit ich die Stunde nicht vergesse, einen hübschen kleinen Taschenkalender. Etwas beschämt und von der Sache nicht befriedigt ging ich weg und ging über die Flußbrücke, plötzlich lief der kleine Mann vor mir, er sprang auf das Brückengeländer und befahl mir durch seine Gebärde, das Geschenk meines Vaters wegzuwerfen, in den Fluß. Ich tat es sofort. Zweifel und Zögern gab es nicht, wenn der Kleine da war, die gab es nur, wenn er fehlte, wenn er ausblieb und mich im Stich ließ. Ich erinnerte mich eines Tages, da ging ich mit meinen Eltern spazieren, und der kleine Mann erschien, er ging auf der linken Straßenseite, und ich ihm nach, und so oft mein Vater mich zu sich auf die andere Seite hinüber befahl, der Kleine kam nicht mit, beharrlich ging er links, und ich mußte jedesmal sofort wieder zu ihm hinüber. Mein Vater ward der Sache müde und ließ mich schließlich gehen, wo ich mochte, er war gekränkt, und erst später, zu Hause, fragte er mich, warum ich denn durchaus habe ungehorsam sein und auf der andern Straßenseite gehen müssen. In solchen Fällen kam ich sehr in Verlegenheit, ja richtig in Not, denn nichts war unmöglicher, als irgendeinem Menschen ein Wort vom kleinen Mann zu sagen. Nichts wäre verbotener, schlechter, todsündiger gewesen, als den kleinen Mann zu verraten, ihn zu nennen, von ihm zu sprechen. Nicht einmal an ihn denken, nicht einmal ihn rufen oder herbeiwünschen konnte ich. War er da, so war es gut, und man folgte ihm. War er nicht da, so war es, als sei er nie gewesen. Der kleine Mann hatte keinen Namen. Das Unmöglichste auf der Welt aber wäre es gewesen, dem kleinen Mann, wenn er einmal da war, nicht zu folgen. Wohin er ging, dahin ging ich ihm nach, auch ins Wasser, auch ins Feuer. Es war nicht so, daß er mir dies oder jenes befahl oder riet. Nein, er tat einfach dies oder das, und ich tat es nach. Etwas, was er tat, nicht nachzutun, war ebenso unmöglich, wie es meinem Schlagschatten unmöglich wäre, meine Bewegungen nicht mitzumachen. Vielleicht war ich nur der Schatten oder Spiegel des Kleinen, oder er der meine: vielleicht tat ich, was ich ihm nachzutun meinte, vor ihm, oder zugleich mit ihm. Nur war er nicht immer da, leider, und wenn er fehlte, so fehlte auch meinem Tun die Selbstverständlichkeit und Notwendigkeit, dann konnte alles auch anders sein, dann gab es für jeden Schritt die Möglichkeit des Tuns oder Lassens, des Zögerns, der Überlegung. Die guten, frohen und glücklichen Schritte meines damaligen Lebens sind aber alle ohne Überlegung geschehen. Das Reich der Freiheit ist auch das Reich der Täuschungen, vielleicht.

Wie hübsch war meine Freundschaft mit der lustigen Nachbarsfrau, die mich damals aus dem Brunnen gezogen hatte! Sie war lebhaft, jung und hübsch und dumm, von einer liebenswerten, fast genialen Dummheit. Sie ließ sich von mir Räuber- und Zaubergeschichten erzählen, glaubte mir bald zuviel, bald zuwenig, und hielt mich mindestens für einen der Weisen aus dem Morgenlande, womit ich gerne einverstanden war. Sie bewunderte mich sehr. Wenn ich ihr etwas Lustiges erzählte, lachte sie laut und inbrünstig, noch lange, ehe sie den Witz begriffen hatte. Ich hielt ihr das vor, ich fragte sie: »Höre, Frau Anna, wie kannst du über einen Witz lachen, wenn du ihn noch gar nicht verstanden hast? Das ist sehr dumm, und es ist außerdem beleidigend für mich. Entweder verstehst du meine Witze und lachst, oder du kapierst sie nicht, dann brauchst du aber nicht zu lachen und zu tun, als hättest du verstanden.« Sie lachte weiter. »Nein«, rief sie, »du bist schon der gescheiteste Junge, den ich je gesehen habe, großartig bist du. Du wirst ein Professor werden oder Minister oder ein Doktor. Das Lachen, weißt du, daran ist nichts übelzunehmen. Ich lache einfach, weil ich eine Freude an dir habe und weil du der spaßigste Mensch bist, den es gibt. Aber jetzt erkläre mir also deinen Witz!« Ich erklärte ihn umständlich, sie mußte noch dies und jenes fragen, schließlich begriff sie ihn wirklich, und wenn sie vorher herzlich und reichlich gelacht hatte, so lachte sie jetzt erst recht, lachte ganz toll und hinreißend, daß es auch mich ansteckte. Wie haben wir oft miteinander gelacht, wie hat sie mich verwöhnt und bewundert, wie war sie von mir entzückt! Es gab schwierige Sprechübungen, die ich ihr manchmal vorsagen mußte, ganz schnell dreimal nacheinander, zum Beispiel: »Wiener Wäscher waschen weiße Wäsche« oder die Geschichte vom Kottbuser Postkutschkasten. Auch sie mußte es probieren, ich bestand darauf, aber sie lachte schon vorher, keine drei Worte brachte sie richtig heraus, wollte es auch gar nicht, und jeder begonnene Satz verlief in neues Gelächter. Frau Anna ist der vergnügteste Mensch gewesen, den ich gekannt habe. Ich hielt sie, in meiner Knabenklugheit, für namenlos dumm, und am Ende war sie es auch, aber sie ist ein glücklicher Mensch gewesen, und ich neige manchmal dazu, glückliche Menschen für heimliche Weise zu halten, auch wenn sie dumm scheinen. Was ist dümmer und macht unglücklicher als Gescheitheit!

Jahre vergingen, und mein Verkehr mit Frau Anna war schon eingeschlafen, ich war schon ein großer Schulknabe und unterlag schon den Versuchungen, Leiden und Gefahren der Gescheitheit, da brauchte ich sie eines Tages wieder. Und wieder war es der kleine Mann, der mich zu ihr führte. Ich war seit einiger Zeit verzweifelt mit der Frage nach dem Unterschied der Geschlechter und der Entstehung der

Kinder beschäftigt, die Frage wurde immer brennender und quälender, und eines Tages schmerzte und brannte sie so sehr, daß ich lieber gar nicht mehr leben wollte, als dies bange Rätsel ungelöst lassen. Wild und verbissen ging ich, von der Schule heimkehrend, über den Markplatz, den Blick am Boden, unglücklich und finster, da war plötzlich der kleine Mann da! Er war ein seltener Gast geworden, er war mir seit langem untreu, oder ich ihm – nun sah ich ihn plötzlich wieder, klein und flink lief er am Boden vor mir her, nur einen Augenblick sichtbar, und lief ins Haus der Frau Anna hinein. Er war verschwunden, aber schon war ich ihm in dieses Haus gefolgt, und schon wußte ich warum, und Frau Anna schrie auf, als ich unerwartet ihr ins Zimmer gelaufen kam, denn sie war eben beim Umkleiden, aber sie ward mich nicht los, und bald wußte ich fast alles, was zu wissen mir damals so bitter notwendig war. Es wäre eine Liebschaft daraus geworden, wenn ich nicht noch allzu jung dafür gewesen wäre.

Diese lustige, dumme Frau unterschied sich von den meisten andern Erwachsenen dadurch, daß sie zwar dumm, aber natürlich und selbstverständlich war, immer gegenwärtig, nie verlogen, nie verlegen. Die meisten Erwachsenen waren anders. Es gab Ausnahmen, es gab die Mutter, Inbegriff des Lebendigen, rätselhaft Wirksamen, und den Vater, Inbegriff der Gerechtigkeit und Klugheit, und den Großvater, der kaum mehr ein Mensch war, den Verborgenen, Allseitigen, Lächelnden, Unausschöpflichen. Die allermeisten Erwachsenen aber, obwohl man sie verehren und fürchten mußte, waren sehr tönerne Götter. Wie waren sie komisch mit ihrer ungeschickten Schauspielerei, wenn sie mit Kindern redeten! Wie falsch klang ihr Ton, wie falsch ihr Lächeln! Wie nahmen sie sich wichtig, sich und ihre Verrichtungen und Geschäfte, wie übertrieben ernst hielten sie, wenn man sie über die Gasse gehen sah, ihre Werkzeuge, ihre Mappen, ihre Bücher unter dem Arm geklemmt, wie warteten sie darauf, erkannt, gegrüßt und verehrt zu werden! Manchmal kamen am Sonntag Leute zu meinen Eltern, um »Besuch zu machen«, Männer mit Zylinderhüten in ungeschickten Händen, die in steifen Glacéhandschuhen staken, wichtige, würdevolle, vor lauter Würde verlegene Männer, Anwälte und Amtsrichter, Pfarrer und Lehrer. Direktoren und Inspektoren, mit ihren etwas ängstlichen, etwas unterdrückten Frauen. Sie saßen steif auf den Stühlen, zu allem mußte man sie nötigen, bei allem ihnen behilflich sein, beim Ablegen, beim Eintreten, beim Niedersitzen, beim Fragen und Antworten, beim Fortgehen. Diese kleinbürgerliche Welt nicht so ernst zu nehmen, wie sie es verlangte, war mir leichtgemacht, da meine Eltern ihr nicht angehörten und sie selber komisch fanden. Aber auch wenn sie nicht Theater spielten, Handschuhe trugen und Visiten machten, waren die meisten Erwachsenen mir reichlich seltsam und lächerlich. Wie taten sie wichtig mit ihrer Arbeit, mit ihren Handwerken und Ämtern, wie groß und heilig kamen sie sich vor! Wenn ein Fuhrmann, Polizist oder Pflasterer die Straße versperrte, das war eine heilige Sache, da war es selbstverständlich, daß man auswich und Platz machte oder gar mithalf. Aber Kinder mit ihren Arbeiten und Spielen, die waren nicht wichtig, die wurden beiseitegeschoben und angebrüllt. Taten sie denn weniger Richtiges, weniger Gutes, weniger Wichtiges als die Großen? O nein, im Gegenteil, aber die Großen waren eben mächtig, sie befahlen, sie regierten. Dabei hatten sie, genau wie wir Kinder, ihre Spiele, sie spielten Feuerwehrübung, spielten Soldaten, sie gingen in Vereine und Wirtshäuser, aber alles mit jener Miene von Wichtigkeit und Gültigkeit, als müsse das alles so sein und gäbe es nichts Schöneres und Heiligeres. Gescheite Leute waren unter ihnen, zugegeben, auch unter den Lehrern. Aber war nicht das eine schon merkwürdig und verdächtig, daß unter all diesen »großen« Leuten, welche doch alle vor einiger Zeit selbst Kinder gewesen waren, so sehr wenige sich fanden, die es nicht vollkommen vergessen und verlernt hatten, was ein Kind ist, wie es lebt, arbeitet, spielt, denkt, was ihm lieb und leid ist? Wenige, sehr wenige, die das noch wußten! Es gab nicht nur Tyrannen und Grobiane, die gegen Kinder böse und häßlich waren, sie überall wegjagten, sie scheel und haßvoll ansahen, ja manchmal anscheinend etwas wie Furcht vor ihnen hatten. Nein, auch die andern, die es gut meinten, die gern zuweilen zu einem Gespräch mit Kindern sich herabließen, auch sie wußten meistens nicht mehr, worauf es ankam, auch sie mußten fast alle sich mühsam und verlegen zu Kindern herunterschrauben, wenn sie sich mit uns einlassen wollten, aber nicht zu richtigen Kindern, sondern zu erfundenen, dummen Karikaturkindern.

Alle diese Erwachsenen, fast alle, lebten in einer anderen Welt, atmeten eine andere Art von Luft als wir Kinder. Sie waren häufig nicht klüger als wir, sehr oft hatten sie nichts vor uns voraus als jene geheimnisvolle Macht. Sie waren stärker, ja, sie konnten uns, wenn wir nicht freiwillig gehorchten, zwingen und

prügeln. War das aber eine echte Überlegenheit? War nicht jeder Ochs und Elefant viel stärker als so ein Erwachsener? Aber sie hatten die Macht, sie befahlen, ihre Welt und Mode galt als die richtige. Dennoch, und das war mir ganz besonders merkwürdig und einige Male beinah grauenhaft – dennoch gab es viele Erwachsene, die uns Kinder zu beneiden schienen. Manchmal konnten sie es ganz naiv und offen aussprechen und etwa mit einem Seufzer sagen: »Ja, ihr Kinder habet es noch gut!« Wenn das nicht gelogen war – und es war nicht gelogen, das spürte ich zuweilen bei solchen Aussprüchen –, dann waren also die Erwachsenen, die Mächtigen, die Würdigen und Befehlenden gar nicht glücklicher als wir, die wir gehorchen und ihnen Hochachtung erweisen mußten. In einem Musikalbum, aus dem ich lernte, stand auch richtig ein Lied mit einem erstaunlichen Kehrreim: »O selig, o selig, ein Kind noch zu sein!« Dies war ein Geheimnis. Es gab etwas, was wir Kinder gesaßen und was den Großen fehlte, sie waren nicht bloß größer und stärker, sie waren in irgendeinem Betracht auch ärmer als wir! Und sie, die wir oft um ihre lange Gestalt, ihre Würde, ihre anscheinende Freiheit und Selbstverständlichkeit, um ihre Bärte und langen Hosen beneideten, sie beneideten zuzeiten, sogar in Liedern, die sie sangen, uns Kleine!
Nun, einstweilen war ich trotz allem glücklich. Es gab vieles in der Welt, was ich gern anders gesehen hätte, und gar in der Schule; aber ich war dennoch glücklich. Es wurde mir zwar von vielen Seiten versichert und eingebläut, daß der Mensch nicht bloß zu seiner Lust auf Erden wandle und daß wahres Glück erst jenseits den Geprüften und Bewährten zuteil werde, es

ging dies aus vielen Sprüchen und Versen hervor, die ich lernte und die mir oft sehr schön und rührend erschienen. Allein diese Dinge, welche auch meinem Vater viel zu schaffen machten, brannten mich nicht sehr, und wenn es mir einmal schlecht ging, wenn ich krank war oder unerfüllte Wünsche hatte, oder Streit und Trotz mit den Eltern, dann flüchtete ich selten zu Gott, sondern hatte andere Schleichwege, die mich wieder ins Helle führten. Wenn die gewöhnlichen Spiele versagten, wenn Eisenbahn, Kaufladen und Märchenbuch verbraucht und langweilig waren, dann fielen mir oft gerade die schönsten neuen Spiele ein. Und wenn es nichts anderes war, als daß ich abends im Bett die Augen schloß und mich in den märchenhaften Anblick der vor mir erscheinenden Farbenkreise verlor – wie zuckte da Beglückung und Geheimnis aufs neue auf, wie ahnungsvoll und vielversprechend wurde die Welt!

Die ersten Schuljahre gingen hin, ohne mich sehr zu verändern. Ich machte die Erfahrung, daß Vertrauen und Aufrichtigkeit uns zu Schaden bringen kann, ich lernte unter einigen gleichgültigen Lehrern das Notwendigste im Lügen und Sichverstellen; von da an kam ich durch. Langsam aber welkte auch mir die erste Blüte hin, langsam lernte auch ich, ohne es zu ahnen, jenes falsche Lied des Lebens, jenes Sichbeugen unter die »Wirklichkeit«, unter die Gesetze der Erwachsenen, jene Anpassung an die Welt, »wie sie nun einmal ist«. Ich weiß seit langem, warum in den Liederbüchern der Erwachsenen solche Verse stehen wie der: »O selig, ein Kind noch zu sein«, und auch für mich gab es viele Stunden, in welchen ich die beneidete, die noch Kinder sind. Als es sich, in meinem zwölften Jahre, darum handelte, ob ich Griechisch lernen solle, sagte ich ohne weiteres ja, denn mit der Zeit so gelehrt zu werden wie mein Vater, und womöglich wie mein Großvater, schien mir unerläßlich. Aber von diesem Tage an war ein Lebensplan für mich da; ich sollte studieren und entweder Pfarrer oder Philologe werden, denn dafür gab es Stipendien. Auch der Großvater war einst diesen Weg gegangen.

Scheinbar war dies ja nichts Schlimmes. Nur hatte ich jetzt auf einmal eine Zukunft, nur stand jetzt ein Wegweiser an meinem Wege, nur führte mich jetzt jeder Tag und jeder Monat dem angeschriebenen Ziele näher, alles wies dorthin, alles führte weg, weg von der Spielerei und Gegenwärtigkeit meiner bisherigen Tage, die nicht ohne Sinn, aber ohne Ziel, ohne Zukunft gewesen waren. Das Leben der Erwachsenen hatte mich eingefangen, an einer Haarlocke erst oder an einem Finger, aber bald würde es mich ganz gefangen haben und festhalten, das Leben nach Zielen, nach Zahlen, das Leben der Ordnung und der Ämter, des Berufs und der Prüfungen; bald würde auch mir die Stunde schlagen, bald würde auch ich Student, Kandidat, Geistlicher, Professor sein, würde Besuche mit einem Zylinderhut machen, lederne Handschuhe dazu tragen, die Kinder nicht mehr verstehen, sie vielleicht beneiden. Und ich wollte ja doch in meinem Herzen dies alles nicht, ich wollte nicht fort aus meiner Welt, wo es gut und köstlich war. Ein ganz heimliches Ziel allerdings gab es für mich, wenn ich an die Zukunft dachte. Eines wünschte ich mir sehnlich, nämlich ein Zauberer zu werden.

Der Wunsch und Traum blieb mir lange treu. Aber er

begann an Allmacht zu verlieren, er hatte Feinde, es stand ihm anderes entgegen, Wirkliches, Ernsthaftes, nicht zu Leugnendes. Langsam, langsam welkte die Blüte hin, langsam kam mir aus dem Unbegrenzten etwas Begrenztes entgegen, die wirkliche Welt, die Welt der Erwachsenen. Langsam wurde mein Wunsch, ein Zauberer zu werden, obwohl ich ihn noch sehnlich weiterwünschte, vor mir selber wertloser, wurde vor mir selber zur Kinderei. Schon gab es etwas, worin ich nicht mehr Kind war. Schon war die unendliche, tausendfältige Welt des Möglichen mir begrenzt, in Felder geteilt, von Zäunen durchschnitten. Langsam verwandelte sich der Urwald meiner Tage, es erstarrte das Paradies um mich her. Ich blieb nicht, was ich war, Prinz und König im Land des Möglichen, ich wurde nicht Zauberer, ich lernte Griechisch, in zwei Jahren würde Hebräisch hinzukommen, in sechs Jahren würde ich Student sein.

Unmerklich vollzog sich die Einschnürung, unmerklich verrauschte ringsum die Magie. Die wunderbare Geschichte im Großvaterbuch war noch immer schön, aber sie stand auf einer Seite, deren Zahl ich wußte, und da stand sie heute und morgen und zu jeder Stunde, es gab keine Wunder mehr. Gleichmütig lächelte der tanzende Gott aus Indien, und war aus Bronze, selten sah ich ihn mehr an, nie mehr sah ich ihn schielen. Und – das Schlimmste – seltener und seltener sah ich den Grauen, den kleinen Mann. Überall war ich von Entzauberung umgeben, vieles wurde eng, was einst weit, vieles wurde ärmlich, was einst kostbar gewesen war.

Doch spürte ich das nur im verborgenen, unter der Haut, noch war ich fröhlich und herrschsüchtig, lernte schwimmen und Schlittschuh laufen, ich war der Erste im Griechischen, alles ging scheinbar vortrefflich. Nur hatte alles eine etwas blassere Farbe, einen etwas leereren Klang, nur war es mir langweilig geworden, zur Frau Anna zu gehen, nur ging ganz sachte aus allem, was ich lebte, etwas verloren, etwas nicht Bemerktes, nicht Vermißtes, das aber doch weg war und fehlte. Und wenn ich jetzt einmal wieder mich selber ganz und glühend fühlen wollte, dann bedurfte ich stärkerer Reize dazu, mußte mich rütteln und einen Anlauf nehmen. Ich gewann Geschmack an stark gewürzten Speisen, ich naschte häufig, ich stahl zuweilen Groschen, um mir irgendeine besondere Lust zu gönnen, weil es sonst nicht lebendig und schön genug war. Auch begannen die Mädchen mich anzuziehen; es war kurz nach der Zeit, da der kleine Mann noch einmal erschienen und mich noch einmal zu Frau Anna geführt hatte.

Manchmal

Manchmal, wenn ein Vogel ruft
Oder ein Wind geht in den Zweigen
Oder ein Hund bellt im fernsten Gehöft,
Dann muß ich lange lauschen und schweigen.

Meine Seele flieht zurück,
Bis wo vor tausend vergessenen Jahren
Der Vogel und der wehende Wind
Mir ähnlich und meine Brüder waren.

Meine Seele wird ein Baum
Und ein Tier und ein Wolkenweben.
Verwandelt und fremd kehrt sie zurück
Und fragt mich. Wie soll ich Antwort geben?

Heimat

Zwischen Bremen und Neapel, zwischen Wien und Singapore habe ich manche hübsche Stadt gesehen, Städte am Meer und Städte hoch auf Bergen, und aus manchem Brunnen habe ich als Pilger einen Trunk getan, aus dem mir später das süße Gift des Heimwehs wurde.

Die schönste Stadt von allen aber, die ich kenne, ist Calw an der Nagold, ein kleines, altes, schwäbisches Schwarzwaldstädtchen. Wenn ich jetzt etwa wieder einmal nach Calw komme, dann gehe ich langsam vom Bahnhof hin abwärts, an der katholischen Kirche, am Adler und am Waldhorn vorbei und durch die Bischofstraße an der Nagold hin bis zum Weinsteg oder auch bis zum Brühl, dann über den Fluß und durch die untere Ledergasse, durch eine der steilen Seitengassen zum Marktplatz hinauf, unter der Halle des Rathauses durch, an den zwei mächtigen alten Brunnen vorbei, tue auch einen Blick hinauf gegen die alten Gebäude der Lateinschule, höre im Garten des Kannenwirts die Hühner gackern, wende mich wieder abwärts, am Hirschen und Rößle vorüber, und bleibe dann lang auf der Brücke stehen. Das ist mir der liebste Platz im Städtchen, der Domplatz von Florenz ist mir nichts dagegen.

Wenn ich nun von der schönen steinernen Brücke aus

dem Fluß nachblicke, hinab und hinauf, dann sehe ich Häuser, von denen ich nicht weiß, wer in ihnen wohnt. Und wenn aus einem der Häuser ein hübsches Mädchen blickt (die es in Calw stets gegeben hat), dann weiß ich nicht, wie sie heißt.
Aber vor dreißig Jahren, da saß hinter allen diesen vielen Fenstern kein Mädchen und kein Mann, keine alte Frau, kein Hund und keine Katze, die ich nicht gekannt hätte. Über die Brücke lief kein Wagen und trabte kein Gaul, von dem ich nicht wußte, wem er gehöre. Und so kannte ich alles, die vielen Schulbuben und ihre Spiele und Spottnamen, die Bäckerläden und ihre Ware, die Metzger und ihre Hunde, die Bäume und die Maikäfer und Vögel und Nester darauf, die Stachelbeersorten in den Gärten.
Daher hat die Stadt Calw diese merkwürdige Schönheit. Zu beschreiben brauche ich sie nicht, das steht fast in allen Büchern, die ich geschrieben habe. Ich hätte sie nicht zu schreiben brauchen, wenn ich in diesem schönen Calw sitzen geblieben wäre. Das war mir nicht bestimmt.
Aber wenn ich jetzt (wie es bis zum Krieg alle paar Jahre einmal geschah) wieder eine Viertelstunde auf der Brückenbrüstung sitze, über die ich als Knabe tausendmal meine Angelschnur hinabhängen hatte, dann fühle ich tief und mit einer wunderlichen Ergriffenheit, wie schön und merkwürdig dies Erlebnis für mich war: einmal eine Heimat gehabt zu haben! Einmal an einem kleinen Ort der Erde alle Häuser und ihre Fenster und alle Leute dahinter gekannt zu haben! Einmal an einem bestimmten Ort dieser Erde gebunden gewesen zu sein, wie der Baum mit Wurzeln und Leben an seinen Ort gebunden ist.

Wenn ich ein Baum wäre, stünde ich noch dort. So aber kann ich nicht wünschen, das Gewesene zu erneuern. Ich tue das in meinem Träumen und Dichten zuweilen, ohne es in der Wirklichkeit tun zu wollen.
Jetzt habe ich hie und da eine Nacht Heimweh nach Calw. Wohnte ich aber dort, so hätte ich jede Stunde des Tags und der Nacht Heimweh nach der schönen alten Zeit, die vor dreißig Jahren war und die längst unter den Bogen der alten Brücke hinweggeronnen ist. Das wäre nicht gut. Schritte, die man getan hat, und Tode, die man gestorben ist, soll man nicht bereuen.
Man darf nur zuweilen einen Blick dort hinein tun, durch die Ledergasse schlendern, eine Viertelstunde auf der Brücke stehen, sei es auch nur im Traum, und auch das nicht allzu oft.

Zu den einfachen Bedürfnissen ... gehört auch die Heimat. Damit meine ich nicht das Vaterland – ich meine die Bilder, die jeder von uns als sein bestes Erinnerungsgut aus der Kindheit bewahrt hat. Sie sind nicht darum so schön, weil die Heimat unbedingt schöner wäre als die andere Welt; sie sind bloß darum so schön, weil wir sie zuerst, mit der ersten Dankbarkeit und Frische unserer jungen Kinderaugen, gesehen haben. Die Warze auf dem Kinn der alten Großmutter und das Loch im heimatlichen Gartenzaun können einem Menschen mit der Zeit lieber werden als alle viel schöneren Sachen auf der Welt.
Das ist keine Sentimentalität, sondern gerade das Gegenteil davon. Das Sicherste, was wir haben, wenn

wir nicht die höchsten Stufen im Geistigen erreicht haben, das ist die Heimat. Man kann Verschiedenes darunter verstehen. Die Heimat kann eine Landschaft sein oder ein Garten, oder eine Werkstatt, oder auch ein Glockenklang, oder ein Geruch. Für den einen ist aller Zauber der Heimat darin beschlossen, daß er wieder den Fluß im Tal rauschen oder die Orgel in der Kapelle spielen hört. Ein anderer fühlt sich zuinnerst im Herzen erst dann getroffen, wenn er wieder den Duft von gebratenen Erdäpfeln riecht, so wie seine Mutter sie gemacht hat, recht rösch und vielleicht mit ein bißchen Zwiebeln dran. Das, worum es sich handelt, ist nicht die Kapelle und nicht das Essen, sondern die Erinnerung an die Zeit des Heranwachsens, an die ersten, stärksten, heiligsten Eindrücke unseres Lebens. Dazu gehört die Mundart der Heimat. Mir, der ich in der Fremde lebe, ist bei jedem Heimkommen der erste schwäbische Bahnschaffner ein wahrer Paradiesvogel! Weiter gehört dazu Sitte und Art der Gegend. Wer in einer Stadt geboren ist, in der alle Häuser die Giebelseite nach der Straße haben, dem wird beim Anblick einer ähnlich gebauten Stadt sofort wieder die Heimat sich im Herzen regen. Vielleicht, ohne daß er's weiß. Aber es ist ans Innerste gerührt, an den kleinen sicheren Schatz, den wir aus den Jahren der frühesten Jugend haben. Da liegen Bilder und Eindrücke durcheinander, man schätzt sie oft wenig, aber alles zusammen ist eine satte Lösung, an die man nicht rühren kann, ohne daß es Kristalle gibt.

Als kleiner Knabe, besaß ich ein Bilderbuch, darin waren Berge und Ströme, Ährenfelder und Alpenwiesen abgebildet und ihre Farben waren so frisch und satt und herrlich, daß ich daran zweifelte, ob irgendwo auf Erden wirklich so lachend schöne Gegenden zu finden wären. Und lange Zeit hielt ich mein Bilderbuch allen Ernstes für schöner als jede Wirklichkeit. Bis einmal an einem föhnblauen, warmen Frühlingstag mein Vater mich auf einen Ausflug mitnahm. An jenem Tage geschah es, daß mir die Augen aufgingen, ich sah Berge und Wald verklärter und prächtiger als auf den schönsten Bildern und faßte zum erstenmal eine erstaunte, zärtliche Liebe zur Erde, die mir erst in späteren Jahren wiederkehrte und mich seither oft und oft mit unwiderstehlichem Wanderheimweh ergriffen hat.

Schwarzwald

Seltsam schöne Hügelfluchten,
Dunkle Berge, helle Matten,
Rote Felsen, braune Schluchten,
Überflort von Tannenschatten!

Wenn darüber eines Turmes
Frommes Läuten mit dem Rauschen
Sich vermischt des Tannensturmes,
Kann ich lange Stunden lauschen.

Dann ergreift wie eine Sage,
Nächtlich am Kamin gelesen,
Das Gedächtnis mich der Tage,
Da ich hier zu Haus gewesen.

Da die Fernen edler, weicher,
Da die tannenforstbekränzten
Berge seliger und reicher
Mir im Knabenauge glänzten.

Floßfahrt

Vermutlich laufen auch heute noch da und dort auf Erden Bäche und Ströme durch Gras und Wald, stehen frühmorgens an Waldrändern im betauten Laubwerk sanftblickende Rehe, vielleicht auch kommt den Kindern von heute ihr Bach mit seinen Zementufern und ihre Wiese mit dem Sportplatz und den Fahrradgestellen ebenso schön und ehrwürdig vor, wie uns Unzeitgemäßen einst, vor einem halben Jahrhundert, ein wirklicher Bach und eine wirkliche Wiese vorkam. Es hat keinen Sinn, darüber zu streiten, vielleicht ist tatsächlich die Welt inzwischen vollkommener geworden. Sei dem, wie ihm wolle, wir Ältern sind dennoch der Meinung, wir hätten vor vierzig bis fünfzig Jahren noch etwas eingeatmet, etwas gekostet und miterlebt, was seither vollends aus der vervollkommneten Welt entschwunden ist: den Rest einer Unschuld, den Rest einer Harmlosigkeit und Ländlichkeit, welche damals noch da und dort mitten in Deutschland anzutreffen war, während sie heute auch in Polynesien vergebens gesucht wird. Darum erinnern wir uns gern der Kindheit und genießen froh, dumm und egoistisch das Recht unseres Alters, die vergangenen Zeiten auf Kosten der heutigen zu loben. Eine Erinnerung an die sagenhaft gewordene Kindheit kam mir dieser Tage. Sei willkommen, schöne Erinnerung!

Durch meine Vaterstadt im Schwarzwald floß ein Fluß, ein Fluß, an dem damals nur erst ganz wenige Fabriken standen, wo es viele alte Mühlen und Brükken, Schilfufer und Erlengehölze, wo es viele Fische und im Sommer Millionen von dunkelblauen Wasserjungfern gab. Es ist mir unbekannt, wie sich die Fische und die Wasserjungfern zwischen dem zunehmenden Zementgemäuer der Ufer und den zunehmenden Fabriken gehalten haben, vielleicht sind sie noch immer da. Vermutlich längst verschwunden aber ist etwas, was es damals auf dem Flusse gab, etwas Schönes und Geheimnisvolles, etwas Märchenhaftes, etwas vom Allerschönsten, was dieser schöne sagenhafte Fluß besaß: die Flößerei. Damals, zu unseren Zeiten, wurden die Schwarzwälder Tannenstämme den Sommer über in gewaltigen Flößen alle die kleinen Flüsse bis nach Mannheim und zuweilen noch bis nach Holland hinunter auf dem Wasser befördert, die Flößerei war ein eigenes Gewerbe, und für jedes Städtchen war im Frühjahr das Erscheinen des ersten Floßes noch wichtiger und merkwürdiger als das der ersten Schwalben.

Ein solches Floß (das aber auf Schwäbisch nicht »das Floß« hieß, sondern »der Flooz«) bestand aus lauter langen Tannen- und Fichtenstämmen, sie waren entrindet, aber nicht weiter zugehauen, und das Floß bestand aus einer größeren Anzahl von Gliedern. Jedes Glied umfaßte etwa acht bis zwölf Stämme, die an den Enden verbunden waren, und an jedem Glied hing das nächste Glied elastisch, mit Weiden gebunden, so daß das Floß, war es auch noch so lang, mit seinen beweglichen Gliedern sich den Krümmungen des Flusses anschmiegen konnte. Dennoch passierte es nicht selten, daß ein Floß stecken blieb, eine aufregende Sache für die ganze Stadt und ein hohes Fest für die Jugend. Die Flößer, wegen ihres Mißgeschicks von den Brücken herab und aus den Fenstern der Häuser vielfach verhöhnt, waren wütend und hatten fieberhaft zu arbeiten, wateten schimpfend bis zum Bauch im Wasser, schrien und zeigten die ganze berühmte Wildheit und Rauhigkeit ihres Standes; noch ärgerlicher und böser waren die Müller und Fischer, und alles, was am Ufer sein Leben und seine Arbeit hatte, namentlich die vielen Gerber, rief den Flößern Scherzworte oder Schimpfworte zu. War das Floß unter einem offenen Schleusentor steckengeblieben, dann trabten und schimpften die Müller ganz besonders, und es gab dann zuweilen für uns Knaben ein besonderes Glück: das Flußbett rann eine Strecke weit beinahe leer, und unterhalb der Wehre konnten wir dann die Fische mit der Hand fangen, die breiten, glänzenden Rotaugen, die schnellen, stachligen Barsche und etwa auch ein Neunauge.

Die Flößer gehörten offensichtlich zu den Unseßhaften, Wilden, Wanderern, Nomaden, und Floß und Flößer waren bei den Hütern der Sitte und Ordnung nicht wohlgelitten. Umgekehrt war für uns Knaben, sooft ein Floß erschien, Gelegenheit zu Abenteuern, Aufregungen und Konflikten mit jenen Ordnungsmächten. So wie zwischen Müllern und Flößern ein ewiger Krieg bestand, in dem ich stets zur Partei der Flößer hielt, so bestand bei unseren Lehrern, Eltern, Tanten eine Abneigung gegen das Flößerwesen, und ein Bestreben, uns mit ihm möglichst wenig in Berührung kommen zu lassen. Wenn einer von uns zu Hause mit einem recht unflätigen Wort, einem meterlangen Fluch aufwartete, dann hieß es bei den Tanten,

das habe man natürlich wieder bei den Flößern gelernt. Und an manchem Tage, der durch die Durchreise eines Floßes uns zum Fest geworden war, gab es väterliche Prügel, Tränen der Mutter, Schimpfen des Polizisten. Eine schöne Sage, die wir Knaben über alles liebten, war die von einem kleinen Buben, der einst wider alle Verbote ein Floß bestiegen und damit bis nach Holland und ans Meer gekommen sei und erst nach Monaten sich wieder bei seinen trauernden Eltern eingefunden habe. Es diesem Märchenknaben gleichzutun, war jahrelang mein innigster Wunsch.
Weit öfter, als mein guter Vater ahnte, bin ich als kleiner Bub für kurze Strecken blinder Passagier auf einem Floß gewesen. Es war streng verboten, man hatte nicht nur die Erzieher und die Polizei gegen sich, sondern leider meistens auch die Flößer. Schöneres und Spannenderes gibt es für einen Knaben nicht auf der Welt, als eine Floßfahrt. Denke ich daran, so kommt mit hundert zauberhaften Düften die ganze Heimat und Vergangenheit herauf. Ein vorüberfahrendes Floß besteigen konnte man entweder vom Laufsteg eines Schleusentors, einer sogenannten »Stellfalle« aus – das galt für schneidig und forderte einigen Mut, oder aber vom Ufer aus, was oft gar nicht schwierig war, aber doch jedesmal mit einem halben oder ganzen Bad bezahlt werden mußte. Am besten noch ging es an ganz warmen Sommertagen, wenn man ohnehin sehr wenig Kleider und weder Schuhe noch Strümpfe anhatte. Dann kam man leicht aufs Floß, und wenn man Glück hatte und sich vor den Flößern verbergen konnte, war es wunderbar, ein paar Meilen weit zwischen den grünen stillen Ufern den Fluß hinunterzufahren, unter den Brücken und Stellfallen hindurch.

Während des Fahrens aber, wenn nicht gerade ein Flößer freundlich war und einen auf einen Bretterstoß setzte, bekam man sehr bald auch die Unbilden des beneideten Flößerhandwerks zu kosten. Man stand unsicher auf den glitschigen Stämmen, zwischen denen das Wasser ununterbrochen heraufspritzte, man war naß bis auf die Knochen, und wenn es nicht sehr sommerlich war, fing man stets bald an zu frieren. Und dann kam der Augenblick näher, wo man das rasch fahrende Floß wieder verlassen mußte, es ging gegen den Abend, man schlotterte vor nasser Kühle, und man war bis in eine Gegend mitgefahren, wo man die Ufer nicht mehr so genau kannte wie zu Hause. Nun galt es eine Stelle zu erspähen und unverweilt mit raschem Entschluß zu benützen, wo ein Absprung ans Land möglich schien – meistens gab es in diesem letzten Augenblick nochmals ein Bad, auch war es oft gefährlich, und hie und da passierte ein Unglück; auch mir ist bei diesem Anlaß einst der Schauder der Todesgefahr bekannt geworden.

Und wenn man dann glücklich wieder an Land war, Erde und Gras unter den Füßen hatte, dann war es weit, zuweilen sehr weit nach Hause zurück, man stand in nassen Schuhen, nassen Kleidern, man hatte die Mütze verloren, und nun spürte man nach dem langen glitschigen Stehen auf den nassen Baumstämmen eine Schwäche in den Waden und Knien und mußte doch noch eine Stunde oder zwei oder mehr zu Fuß laufen, und alles nur, um dann von schluchzenden Müttern, entsetzten Tanten und einem todernsten Vater empfangen zu werden, welche dem Herrn dafür dankten, daß er wider Verdienst den entarteten Knaben hatte heil entrinnen lassen.

Schon in der Kindheit war es so: man bekam nichts geschenkt, man mußte jedes Glück bezahlen. Und wenn ich heute nachrechne, in was das Glück einer solchen Floßfahrt eigentlich bestand, wenn ich alle die Beschwerden, Anstrengungen, Unbilden abziehe, so bleibt wenig übrig. Aber dieses wenige ist wunderbar; ein stilles, rasch und erregend ziehendes Fahren auf dem kühlen, laut rauschenden Fluß, zwischen lauter spritzendem Wasser, ein traumhaftes Hinwegfahren unter den Brücken, durch dicke, lange Gehänge von Spinnweben, träumerische Augenblicke des Versinkens in ein unsäglich seliges Gefühl von Wanderung, von Unterwegssein, von Entronnensein und Indiewelthineinfahren, mit der Perspektive zum Neckar und zum Rhein und nach Holland hinunter – und dies wenige, diese mit Nässe, Frieren, mit Schimpfworten der Flößer, Predigten der Eltern bezahlte Seligkeit wog doch alles auf, war doch alles wert, was man dafür geben mußte. Man war ein Flößer, man war ein Wanderer, ein Nomade, man schwamm an den Städten und Menschen vorbei, still, nirgends hingehörig, und fühlte im Herzen die Weite der Welt und ein sonderbares Heimweh brennen. O nein, es war gewiß nicht zu teuer bezahlt.

Wenn auch die Schule und das Internat mich beengten und oft folterten, und die Zukunft sehr zweifelhaft aussah, so war ich doch mit Sinnen begabt und mit Seele, hatte die Fähigkeit zu sehen, zu schmecken und zu fühlen, wie schön und entzückend die Dinge sind, die Gestirne und die Jahreszeiten, das erste Grün im Frühling und das erste Gold und Rot im Herbst, der Biß in einen Apfel, der Gedanke an die hübschen Mädchen. Dazu kam, daß ich nicht nur Sinnenmensch, sondern auch Künstler war: ich konnte die Bilder und Erlebnisse, die die Welt mir gab, auch im Gedächtnis reproduzieren, mit ihnen spielen, konnte versuchen, sie mit Zeichnungen, gesummten Melodien, mit dichterischen Worten zu etwas Neuem, Eigenem zu machen.

Bei immer zärtlicher Heimatliebe konnte ich nie ein großer Patriot und Nationalist sein. Ich lernte mein Leben lang, und gar in der Kriegszeit, die Grenzen nicht als etwas Natürliches, Selbstverständliches und Heiliges kennen, sondern als etwas Willkürliches, wodurch ich brüderliche Gebiete getrennt sah. Und schon früh erwuchs mir aus diesem Erlebnis ein Mißtrauen gegen Landesgrenzen, und eine innige, oft leidenschaftliche Liebe zu allen menschlichen Gütern, welche ihrem Wesen nach die Grenzen überfliegen und andere Zusammengehörigkeiten schaffen als politische. Darüber hinaus fand ich mich mit zunehmenden Jahren immer unentrinnbarer getrieben, überall das, was Menschen und Nationen verbindet, viel höher zu werten als das, was sie trennt.
Im kleinen fand und erlebte ich das in meiner natürlichen, alemannischen Heimat. Daß sie von Landesgrenzen durchschnitten war, konnte mir, der ich viele Jahre dicht an solchen Grenzen lebte, nicht verborgen bleiben. Das Vorhandensein dieser Grenzen äußerte sich nirgends und niemals in wesentlichen Verschie-

denheiten der Menschen, ihrer Sprache und Sitte, es zeigten sich diesseits und jenseits dieser Grenze weder in der Landschaft noch in der Bodenkultur, weder im Hausbau noch im Familienleben merkliche Unterschiede. Das Wesentliche der Grenze bestand in lauter teils drolligen, teils störenden Dingen, welche alle von unnatürlicher und rein phantastischer Art waren: in Zöllen, Paßämtern und dergleichen Einrichtungen mehr. Diese Dinge zu lieben und heilig zu halten, dagegen aber die Gleichheit von Rasse, Sprache, Leben und Gesittung, die ich zu beiden Seiten der Grenze fand, für nichts zu achten, ist mir nicht möglich gewesen, und so geriet ich, zu meinem schweren Schaden namentlich in der Kriegszeit, immer mehr in das Lager jener Phantasten, denen Heimat mehr bedeutet als Nation, Menschentum und Natur mehr als Grenzen, Uniformen, Zölle, Kriege und dergleichen. Wie verpönt und wie »unhistorisch gedacht« dies sei, wurde mir von vielen Seiten vielmals unter den wildesten Schmähungen mitgeteilt. Ich konnte es jedoch nicht ändern. Wenn zwei Dörfer miteinander verwandt und ähnlich sind wie Zwillinge, und es kommt ein Krieg, und das eine Dorf schickt seine Männer und Knaben aus, verblutet und verarmt, das andere aber behält Frieden und gedeiht ruhig weiter, so scheint mir das keineswegs richtig und gut, sondern seltsam und haarsträubend. Und wenn ein Mensch seine Heimat verleugnen und die Liebe zu ihr opfern muß, um einem politischen Vaterland besser zu dienen, so erscheint er mir wie ein Soldat, der auf seine Mutter schießt, weil er Gehorsam für heiliger hält als Liebe.

Heimweh ist eine schöne Sache, und ich bin der Letzte, der sich darüber als über eine Sentimentalität lustig machen würde. Aber Gefühle und Phantasien haben das an sich, daß sie bis zu einer gewissen Steigerung an Macht und Schönheit und Wert gewinnen, darüber hinaus aber wieder flau und faul werden – dann ist es Zeit, andere Phantasien, andere Empfindungsreihen aufsteigen zu lassen aus der unerschöpflichen Schlucht unserer Seele.

Die Stätten meiner frühen Jugend, die mir einst Heimat zu sein schienen, sind für mich zu einer Art von verlorenem Paradies geworden. Wenn ich sie heute, nach Jahrzehnten, wiedersehen würde, so würde ich sie verändert, umgebaut, verwandelt finden, und wahrscheinlich würde es mir leid tun, das ideale Bild meiner Erinnerungen und meines Heimwehs durch den Anblick der Wirklichkeit zerstört zu sehen. Die Sehnsucht nach verlorener Heimat ist ganz ähnlich der Trauer um die Kindheit und den Kinderglauben. Wir müssen diese Sehnsucht nicht hegen und pflegen und an ihr krank werden, sondern diese Seelenkraft der Gegenwart und Wirklichkeit zuwenden. Ein sehr großer Teil der Menschheit ist heute heimatlos und muß durch Hingabe an die neuen Orte, Menschen und Aufgaben sich die Fremde zur Heimat zu machen versuchen.

Licht der Frühe

Heimat, Jugend, Lebens-Morgenstunde,
Hundertmal vergessen und verloren,
Kommt von dir mir eine späte Kunde
Hergeweht, so quillt's aus allen Tiefen,
Die verschüttet in der Seele schliefen,
Süßes Licht du, Quelle neugeboren!

Zwischen Einst und Heut das ganze Leben,
Das wir oft für stolz und reich gehalten,
Zählt nicht mehr; ich lausche hingegeben
Den so jungen, den so ewig-alten
Märchenbrunnen-Melodien wieder
Der vergessenen alten Kinderlieder.

Über allen Staub und alle Wirre
Leuchtest du hinweg und alle Mühe
Unerfüllten Strebens in der Irre,
Lautre Quelle, reines Licht der Frühe.

Der Brunnen im Maulbronner Kreuzgang

Nach zweiundzwanzig Jahren fuhr ich zum erstenmal wieder mit der kleinen Bahn durch die sommerlichen Waldhügel der Maulbronner Gegend, stieg an der verschlafenen Haltestelle aus und wanderte durch den feuchten Wald nach Maulbronn hinüber. Ich roch den bitteren Laubgeruch, ich sah zwischen Buchenzweigen den Elfinger Berg und den runden Eichenhügel über Weinbergen und die Spielplätze meiner Schülerzeit liegen, ich sah im warmen Dampf des Tales hinter Lindenwipfeln die spitze Turmnadel erscheinen und ein Stück vom langen Kirchendach, und es strömte mir aus hundert plötzlich brechenden Dämmen unsagbares Gefühl des Wiedersehens entgegen, Erinnerung, Mahnung, Reue. Bangigkeit des Altgewordenen, tiefe Liebe, aufgeschreckte Sehnsucht auf flatternden Flügeln taumelnd. O Tal, o Wald, o Spielplatz bei der Eiche!

Und in der schwülen Hitze niedersteigend nahm ich mein Herz zusammen und schritt in festem Takt, an der alten Post vorüber durchs Tor hinein, auf den Klosterplatz und über ihn weg den Linden, dem Brunnen und dem »Paradies« entgegen, sah Platz und Gebäude in seliger Halbwirklichkeit stehen, genau nach dem Bilde meiner Erinnerung gestaltet, hörte warm und dumpf in den blühenden Linden Bienenvölker sumsen, trat unterm hohen runden Bogen durch ins »Paradies«, stand überrascht von regungsloser Steinkühle umwittert, trank tief den ernsten Wohllaut der Fensterbogen und schlanken lebendigen Pfeiler, sog kalte Klosterluft in tiefem Zug und wußte plötzlich alles, alles wieder, jede Treppe und Tür, jedes Fenster, jede Stube, jedes Bett im Schlafsaal, den Geruch des Gartens und den der Klosterküche und den Ton der Morgenglocke!

Es war alles wieder da, es fehlte nichts, ich konnte hier blindlings weiter gehen und jeden Weg im Dunkeln finden wie vor zweiundzwanzig Jahren. Ich atmete befreit die süße Seltsamkeit – Heimatluft, dem Heimatlosen und Wanderer so selten, so ganz und gar neu! Als wäre eine längst zerbrochene und beiseit gestellte Kostbarkeit über Nacht wieder ganz und

schön und mir zu eigen geworden. Als stünden liebe Tote neben mir und sähen mir in die Augen, lächelnd, daß ich sie tot geglaubt. Als wäre nun alles wieder vorhanden, was die fern und fabelhaft gewordene Jugend einst so vertrauensvoll und tröstlich und reich gemacht: ein Vaterhaus, eine Mutter, Kameraden, phantastisch lockende Zukunft.
Vom ersten Rausch genesen ging ich später weiter, dahin, dorthin, ohne Eile, kleine vertraute Gänge im Frieden der wohlbekannten Nähe. Überall lebendige Erinnerung, und hinter ihr, wie Reste alter Bilder hinter späterem Verputz, hier und dort Reste tieferer Erinnerung aufleuchtend, Bruchstücke unbewußten Seelenlebens von damals, überwuchertes Fortklingen tiefster Erlebnisse aus der sagenhaften Knabenzeit, da noch Unerhörtes zu erleben und Ungeheures zu erproben war. Wohin ist das alles? Was ist daraus geworden? Wenig, wenig.
Aber eins hatte ich vergessen, das kam erst zu seiner Stunde wieder hervor.
Da drehte ich, zur Zeit wo niemand sonst die verschlossenen Teile des Klosters betreten darf, leise den dicken Schlüssel in der schweren Tür und öffnete behutsam die Pforte zum Kreuzgang. Auch hier nichts, was nicht im Gedächtnis treulich vorgezeichnet lag: gotisches Gewölb und reiches Fensterwerk, rötliche und graue Steinfliesen mit gemeißelten Grabsteinen dazwischen, Wappen und Abtstäbe, geheimnisvoll verwitterte Farbenflecke im alten Verputz, zwischen steinernen Fensterkreuzen in beruhigtem Licht das satte Grün der Gebüsche, zwei, drei Rosen dazwischen zärtlich und traurig leuchtend.
Nun aber, da ich gegen die Ecke schritt, klang mir

eine selig seltsame Musik entgegen, leichte traumhafte Geistertöne mehrstimmig in versunkener Monotonie, nicht fern noch nah, wundersam und selbstverständlich, als klänge die Harmonie des Bauwerks ernst und innig in sich selbst wider.
Ich tat noch einen Schritt, und zwei, eh' der Klang mein Bewußtsein erreichte. Da stand ich still und mein Herz begann zu zittern, und wieder tat die Erinnerung feierliche Tore auf, höhere, heiligere als zuvor, und ich wußte wieder! Du Lied meiner Jugendzeit! Kein Ton der Welt, kein heimatliches Kirchengeläut und keine Menschenstimme von denen, die noch leben, spricht so zu mir wie du, Lied meiner Jugend, und dich hatte ich vergessen können! Verwirrt und beschämt trat ich dem Wunder näher, stand am Eingang der Brunnenkapelle und sah im klaren Schatten des gewölbten Raumes die drei Brunnenschalen übereinander schweben und das singende Wasser fiel in acht feinen Strahlen von der ersten in die zweite Schale, und in acht feinen klingenden Strahlen von der zweiten in die riesige dritte, und das Gewölbe spielte in ewig holdem Spiel mit den lebendigen Tönen, heut wie gestern, heut wie damals, und stand herrlich in sich begnügt und vollkommen als ein Bild von der Zeitlosigkeit des Schönen.
Viele edle Gewölbe haben mich beschattet, viele schöne Gesänge mich erregt und mich getröstet, viele Brunnen haben mir, dem Wanderer, gerauscht. Aber dieser Brunnen ist mehr, unendlich mehr, er singt das Lied meiner Jugend, er hat meine Liebe gehabt und meine Träume beherrscht in einer Zeit, da jede Liebe noch tief und glühend, da jeder Traum noch ein Sternhimmel voll Zukunft war. Was ich vom Leben

hoffte, was ich zu sein und zu schaffen und zu dulden dachte, was von Heldentum und Ruhm und heiliger Künstlerschaft meine ersten Lebensträume erfüllte und bis zum Schmerz mit Fülle überquoll, das alles hat dieser Brunnen mir gesungen, das hat er belauscht und beschützt. Und ich hatte ihn vergessen! Nicht die Kapelle mit dem Sterngewölb und den überschlanken Fenstersäulen und nicht die Brunnenschalen und die lichte grüne Garteninsel inmitten der schweigenden Mauern. Aber das Brunnenlied, den süßen gleichschwebenden Zaubergesang der sanft herabfallenden Gewässer, den Hort und Schatz meiner frühesten und reinsten Jünglingssehnsucht, ihn hatte ich vergessen. Und stand nun still und traurig im vertrauten Heiligtum und fühlte jede Sünde und jeden Verderb in mir tief und unauslöschlich, und hatte nicht Heldentum noch Künstlerschaft erworben, die an jenen Träumen zu messen wäre, und wagte nicht, mich über den Rand zu beugen und mein eigenes Bild im dunkeln Wasser zu suchen. Ich tauchte nur die Hand ins kalte Gewässer, bis sie fror und hörte das Lied des Brunnens in die Gartenstille und in die langen, toten Steinhallen strömen, hold wie einst, für mich aber voll tiefer Bitternis.

»Es muß für dich ein wunderliches Gefühl sein«, sagte später mein Freund, »hier herumzugehen und an damals zu denken. Damals warst du ja voll von Sehnsucht nach der Welt und nach der Kunst, und voll Zweifel, du wußtest ja nicht, wie alles sich einmal erfüllen würde. Und jetzt kommst du zurück aus der weiten Welt, aus deiner Arbeit, aus einem Künstlerleben mit Reisen und Festen und Freunden ...«

»Ja, es ist wunderlich«, konnte ich nur sagen.

Dann setzte ich mich noch einmal unter den hohen Linden nieder, stieg noch einmal zum alten Spielplatz bei der Eiche hinauf, schwamm noch einmal im tiefen See und reiste wieder, und wenn ich seither an Maulbronn denke, dann sehe ich wohl den Faustturm und das »Paradies«, den Eichenplatz und den spitzen Kirchturm wieder, aber es sind nur Bilder, und sie kommen nicht recht zu Glanz und Leben vor dem sanften Brunnengeläut in der Kreuzgangkapelle und vor jenen Erinnerungen, die hinter den anderen Erinnerungen stehen wie die Reste alter heiliger Malereien hinter der Tünche einer Kirchenwand.

Im Kreuzgang

Verzaubert in der Jugend grünem Tale
Steh ich am moosigen Säulenschaft gelehnt
Und horche, wie in seiner kühlen Schale
Der Brunnen klingend die Gewölbe dehnt.

Und alles ist so schön und still geblieben,
Nur ich ward älter, und die Leidenschaft,
Der Seele dunkler Quell in Haß und Lieben,
Strömt nicht mehr in der alten wilden Kraft.

Hier ward mein erster Jugendtraum zunichte,
An schlecht verheilter Wunde litt ich lang,
Nun liegt er fern und ward zum Traumgesichte
Und wird in guter Stunde zum Gesang.

Die Seele, die nach Ewigkeit begehrte,
Trägt nun Vergänglichkeit als liebe Last
Und ist auf der erspürten Jugendfährte
Noch einmal still und ohne Groll zu Gast.

Nun singet, Wasser, tief in eurer Schale,
Mir ward das Leben längst ein flüchtig Kleid,
Nun tummle, Jugend, dich in meinem Tale
Und labe dich am Traum der Ewigkeit!

In der Augenklinik

Seit Wochen hatte ich auf alle Feierabendlektüre verzichten müssen, da meine Augen, durch den Umgang mit alten Drucken und Handschriften geschwächt, nur eben noch die notwendigste Tagesarbeit leisten konnten. Schließlich, da alles Schonen nicht half, beschloß ich, einen Besuch in der Augenklinik zu machen. Es war an einem Montagmorgen. Meine Augen schmerzten wieder, der Weg war weit und staubig, der Warteraum in der Klinik war überfüllt und heiß, so daß ich mich niedergeschlagen und ärgerlich in eine der dicht besetzten Bänke zwängte und voll Ungeduld die vermutliche Dauer der Wartezeit zu berechnen suchte. Die Schar meiner stumm wartenden Leidensgenossen streifte ich nur mit einem flüchtigen Blick. Der Aufenthalt in solchen Räumen ist mir von jeher eine Qual gewesen, und der Anblick all dieser Gesichter, die durch Augenkrankheiten jeder Art etwas hilflos Blödes bekommen hatten, war trostlos. Ich fand nur zwei anziehende Köpfe unter der Menge heraus: Einen Italiener, dessen vermutlich bei einem Raufhandel verletztes linkes Auge mit einem fröhlich farbengrellen Tuch verbunden war, während das gesunde rechte mit südländischem Gleichmut die Wände betrachtete und keinerlei Sorge oder Ungeduld verriet. Dann einen schönen greisen Herrn, der regungslos und friedlich mit geschlossenen Augen in der Ecke saß. Er schien in Erinnerungen oder gute Gedanken versunken, denn auf dem faltigen, weißbärtigen Gesicht glänzte fortwährend ein ganz leises feines Lächeln. Doch war ich zu mißmutig und zu sehr mit der selbstsüchtigen Sorge um meine Augen beschäftigt, um viel Aufmerksamkeit oder Mitleid für andere zu haben. Ich stützte den Kopf in die Hände und starrte zu Boden. Von den Sprechzimmern und Untersuchungsräumen her hörte man lautes Fragen und sanftes Trösten, zuweilen auch ein halb unterdrücktes Aufschreien.

Als ich endlich gelangweilt wieder aufschaute und mich im Sitze dehnte, fiel mir ein Knabe auf, der mir gerade gegenüber saß. Er mochte zwölfjährig sein und mir schien anfangs, er sehe mich an. Bald aber erkannte ich, daß der Blick seiner roten, entzündeten Augen ohne Leben war und ins Leere ging. Das so entstellte Gesicht war im übrigen hübsch und gesund, auch die Gestalt wohlgewachsen und ziemlich kräftig. Ich erinnerte mich meiner Knabenjahre und meiner schon damals starken Freude am Licht, an Sonne, Wald und Wiesen, an Fußwanderungen durch das heimatliche Gebirge. Ich erinnerte mich der einzigen mächtigen Leidenschaft meines Lebens, meiner stillen Freundschaft mit Bergen, Feld, Bäumen und Wasser, und fand mit Erstaunen, daß fast ohne Ausnahme alle reinen, echten, köstlichsten Freuden, die ich je gehabt,

mir durchs Auge gekommen waren. Dies Gefühl war so lebendig, daß ich eine starke Lust empfand, davonzulaufen und mich irgendwo vor der Stadt ins hohe lichte Gras zu legen.
Und nun dieser fast blinde Knabe! Es gelang mir nicht, an ihm vorbeizublicken. Ich mußte immer von neuem sein hübsches Gesicht und seine armen, roten, kranken Augen ansehen, aus welchen immer wieder eine große Träne quoll, die er jedesmal mit derselben geduldigen und schüchternen Gebärde abwischte.
Mehr als eine Stunde war vergangen. Da begann der Schatten des großen Nachbarhauses vom Glasdach zu weichen, unter dem wir saßen, und durch eine offenstehende Luke fiel ein breiter Sonnenstrahl zu uns herein. Der Knabe, dessen Hände und Knie der Strahl berührte, bewegte sich halb erschrocken.
»Es ist die Sonne«, sagte ich. Da reckte er den Kopf mit aufwärts gerichtetem Gesicht langsam vorwärts, bis die Sonne seine Augen traf. Ein leises Zucken ging über seine Lider; über das ganze Gesicht lief der zarte Schauer eines leichten süßen Schmerzes, belebte die Züge und öffnete den kleinen, frischen Mund.
Es war nur ein Augenblick. Dann lehnte der Kleine sich in die Bank zurück, wischte die langsam und stetig quellenden Tränen wieder ab und saß so still wie zuvor. Gleich darauf führte eine Wärterin ihn weg. Von mir aber war in dieser Minute aller Ärger und alle Lieblosigkeit gewichen. Der Augenblick, in dem ich das tröstende Licht mit flüchtiger Freude in dies kleine, zerstörte Leben fallen sah, ist mir eine ernste und liebe Erinnerung geblieben.

Sprache

Die Sonne spricht zu uns mit Licht,
Mit Duft und Farbe spricht die Blume,
Mit Wolken, Schnee und Regen spricht
Die Luft. Es lebt im Heiligtume
Der Welt ein unstillbarer Drang,
Der Dinge Stummheit zu durchbrechen,
In Wort, Gebärde, Farbe, Klang
Des Seins Geheimnis auszusprechen.
Hier strömt der Künste lichter Quell,
Es ringt nach Wort, nach Offenbarung,
Nach Geist die Welt und kündet hell
Aus Menschenlippen ewige Erfahrung.
Nach Sprache sehnt sich alles Leben,
In Wort und Zahl, in Farbe, Linie, Ton
Beschwört sich unser dumpfes Streben
Und baut des Sinnes immer höhern Thron.
In einer Blume Rot und Blau,
In eines Dichters Worte wendet
Nach innen sich der Schöpfung Bau,
Der stets beginnt und niemals endet.
Und wo sich Wort und Ton gesellt,
Wo Lied erklingt, Kunst sich entfaltet,
Wird jedesmal der Sinn der Welt,
Des ganzen Daseins neu gestaltet,
Und jedes Lied und jedes Buch
Und jedes Bild ist ein Enthüllen,
Ein neuer, tausendster Versuch,
Des Lebens Einheit zu erfüllen.
In diese Einheit einzugehn
Lockt euch die Dichtung, die Musik,

Der Schöpfung Vielfalt zu verstehn
Genügt ein einziger Spiegelblick.
Was uns Verworrenes begegnet,
Wird klar und einfach im Gedicht:
Die Blume lacht, die Wolke regnet,
Die Welt hat Sinn, das Stumme spricht.

»Die Natur ist überall schön«

Wir sollen nicht suchen, sondern finden; wir sollen nicht urteilen, sondern schauen und begreifen, einatmen und das Aufgenommene verarbeiten. Es soll vom Wald und von der Herbstweide, vom Gletscher und vom gelben Ährenfeld her durch alle Sinne Leben in uns strömen, Kraft, Geist, Sinn, Wert. Das Wandern in einer Landschaft soll das Höchste in uns fördern, die Harmonie mit dem Weltganzen, und es soll weder ein Sport noch ein Kitzel sein. Wir sollen nicht mit irgendwelchen Interessen den Berg und den See und den Himmel beschauen und begutachten, sondern uns zwischen ihnen, die gleich uns Teile eines Ganzen und Erscheinungsformen einer Idee sind, mit klaren Sinnen bewegen und heimisch fühlen, jeder mit den ihm eigenen Fähigkeiten und mit den seiner Bildung zugehörigen Mitteln, der eine als Künstler, der andre als Naturwissenschaftler, der dritte als Philosoph. Wir sollen unser eigenes Wesen und nicht nur das körperliche dem Ganzen verwandt und eingeordnet fühlen. Erst dann haben wir wirkliche Beziehungen zur Natur.

Es ist zum Beispiel das »malerische« Naturgenießen schon darum arm und einseitig, weil es einzig nur auf

den Gesichtssinn gestellt ist. Gar oft ist aber der stärkste und eigenartigste Eindruck eines Ganges oder Aufenthaltes im Freien kein Gesichtseindruck. Es gibt Stunden und Orte, wo alles dem Auge Erreichbare nichts ist im Vergleich mit dem, was das Ohr berührt, mit dem Grillenzirpen, dem Vogelgesang, dem Meeresbrausen, dem Tönen der Winde. Ein andres Mal hat der Geruchssinn die stärksten Eindrücke: Lindenblütenduft, Heugeruch, Geruch feuchter, frischgepflügter Äcker, Duft von Salzwasser, Teer und Seetang. Und schließlich sind vielleicht die stärksten Natureindrücke die des Gefühls, der Nerven: Schwüle, Elektrizität der Luft, Temperatur, Härte oder Weichheit, Trockenheit oder Nässe der Luft, Nebel. Diese Nerveneindrücke, denen übrigens oft sehr robuste Menschen stark unterliegen, spielen eine große, vielleicht dominierende Rolle in der Dichtung, schon weil sie großen und direkten Einfluß auf das seelische Befinden, die Gemütsstimmung, haben. (Mörike, Stifter, Storm.) Aber weder Dichtung noch Malerei können das Vielerlei und das Zusammenwirken dieser Eindrücke darstellen; sogar für die Darstellung des einzelnen reichen die Mittel nicht hin, es versagt zum Beispiel die ausgebildetste Sprache bei dem Versuch, in Worten deutliche Begriffe von Gerüchen zu geben.
Man hört manchmal Leute sagen, die »Natur« gebe ihnen nichts, sie hätten kein Verhältnis zu ihr. Dieselben Leute werden bei der Frühjahrssonne fröhlich, bei der Sommersonne träge, bei Schwüle schlaff und bei Schneewind frisch. Das ist immerhin schon ein Verhältnis, und man braucht dessen nur bewußt zu werden, so ist man schon reif zum Naturgenuß. Denn unter diesem verstehe ich nicht ein rechenschaftsloses

Wohlbefinden, sondern im Gegenteil ein bewußtes Mitleben und Zusammenhängen mit der Natur. Ist dies einmal vorhanden, so spielt die sogenannte »Schönheit« der Gegend und des Wetters keine große Rolle mehr. Denn diese Schönheit ist zwar wohl vorhanden, aber sie ist lediglich aus Gesichtseindrücken abstrahiert, und diese sind nicht allein maßgebend. Die Natur ist überall schön oder nirgends. Einer, der keine fremde Landschaft sich zu eigen machen, in keinem fremden Lande warm werden, nach keiner einmal flüchtig erfaßten Gegend später wieder eine Art Heimweh bekommen kann, – dem fehlt es im Innersten, und er steht nicht höher als der, der über die Kinderstube und Vetternschaft hinaus keine Menschen begreifen, behandeln und lieben kann. Der wertvolle Mensch fühlt sich nicht nur seiner Familie und Umgebung, sondern jedem Menschen- und Naturleben verwandt. Antipathien sind kein Beweis dagegen: sie beruhen auf Kenntnis, Ahnung, ja Teilnahme, nicht auf Gleichgültigkeit. Was mir zuwider ist, existiert für mich nicht minder als das, was ich liebe. Aber was ich nicht kenne und nicht kennen mag, was mir gleichgültig ist, was keine Beziehung zu mir, keinen Ruf an mich hat, das existiert für mich nicht, – und je mehr dessen ist, desto niedriger stehe ich selber.

Unser Herz kommt dem Elementaren und scheinbar Ewigen willig und voll Liebe entgegen, schlägt mit dem Takt des Wellenganges, atmet mit dem Winde, fliegt mit den Wolken und Vögeln, fühlt

Liebe und Dankbarkeit für die Schönheit der Lichter, Farben und Töne, weiß sich zu ihnen gehörig, ihnen verwandt, und bekommt doch niemals von der ewigen Erde, dem ewigen Himmel eine andre Antwort als eben jenen gelassenen, halb spöttischen Blick des Großen für das Kleine, des Alten für das Kind, des Dauernden für das Vergängliche. Bis wir, sei es in Trotz oder Demut, in Stolz oder in Verzweiflung, dem Stummen die Sprache, dem Ewigen das Zeitliche und Sterbliche entgegenstemmen und aus dem Gefühl der Kleinheit und Vergänglichkeit das ebenso stolze wie verzweifelte Gefühl des Menschen wird, des abtrünnigsten, aber liebefähigsten, des jüngsten, aber wachsten, des verlorensten, aber leidensfähigsten Sohnes der Erde. Und siehe, unsre Ohnmacht ist gebrochen, wir sind weder klein noch trotzig mehr, wir begehren nicht mehr das Einswerden mit der Natur, sondern stellen ihrer Größe die unsre entgegen, ihrer Dauer unsre Wandelbarkeit, ihrer Stummheit unsre Sprache, ihrer scheinbaren Ewigkeit unser Wissen vom Tode, ihrer Gleichgültigkeit unser der Liebe und des Leidens fähiges Herz.

Ebenso wie unterm Mikroskop etwas sonst Unsichtbares oder Häßliches, ein Flöckchen Dreck, zum wunderbaren Sternhimmel werden kann, ebenso würde unterm Mikroskop einer wahrhaften Psychologie (welche noch nicht existiert) jede kleinste Regung einer Seele, sei sie sonst noch so schlecht oder dumm oder verrückt, zum heiligen, andächtigen Schauspiel werden, weil man nichts in ihr sähe als ein

Beispiel, ein gleichnishaftes Abbild des Heiligsten, das wir kennen, des Lebens.

Viele sagen, sie »lieben die Natur«. Das heißt, sie sind nicht abgeneigt je und je ihre dargebotenen Reize sich gefallen zu lassen. Sie gehen hinaus und freuen sich über die Schönheit der Erde, zertreten die Wiesen und reißen schließlich eine Menge Blumen und Zweige ab, um sie bald wieder wegzuwerfen oder daheim verwelken zu sehen. So lieben sie die Natur. Sie erinnern sich dieser Liebe am Sonntag, wenn schönes Wetter ist, und sind dann gerührt über ihr gutes Herz. Sie hätten es ja nicht nötig, denn »der Mensch ist die Krone der Natur«. Ach ja, die Krone!
... Ich blickte immer begieriger in den Abgrund der Dinge. Ich hörte den Wind vieltönig in den Kronen der Bäume klingen, hörte Bäche durch Schluchten brausen und leise stille Ströme durch die Ebene ziehen, und ich wußte, daß diese Töne Gottes Sprache waren und daß es ein Wiederfinden des Paradieses wäre, diese dunkle, urschöne Sprache zu verstehen.
... Indem ich nun anfing, die Natur persönlich zu lieben, ihr zu lauschen, wie einem Kameraden und Reisegefährten, der eine fremde Sprache redet, ward meine Schwermut zwar nicht geheilt, aber veredelt und gereinigt. Mein Ohr und Auge schärfte sich, ich lernte feine Tönungen und Unterschiede erfassen und sehnte mich, den Herzschlag alles Lebens immer näher und klarer zu hören und vielleicht einmal zu verstehen und vielleicht einmal der Gabe teilhaftig zu werden, ihm in Dichterworten Ausdruck zu gönnen,

damit auch andere ihm näher kämen und mit besserem Verständnis die Quellen aller Erfrischung, Reinigung und Kindlichkeit besuchten. Einstweilen war das ein Wunsch, ein Traum – –, ich wußte nicht, ob er sich je erfüllen könne und hielt mich ans nächste, indem ich allem Sichtbaren Liebe entgegenbrachte und mich gewöhnte, kein Ding mehr gleichgültig oder verächtlich zu betrachten.

Ich hatte den Wunsch, in einer größeren Dichtung den heutigen Menschen das großzügige, stumme Leben der Natur nahe zu bringen und lieb zu machen. Ich wollte sie lehren, auf den Herzschlag der Erde zu hören, am Leben des Ganzen teilzunehmen und im Drang ihrer kleinen Geschicke nicht zu vergessen, daß wir nicht Götter und von uns selbst geschaffen, sondern Kinder und Teile der Erde und des kosmischen Ganzen sind. Ich wollte daran erinnern, daß gleich den Liedern der Dichter und gleich den Träumen unsrer Nächte auch Ströme, Meere, ziehende Wolken und Stürme Symbole und Träger der Sehnsucht sind, welche zwischen Himmel und Erde ihre Flügel ausspannt und deren Ziel die zweifellose Gewißheit vom Bürgerrecht und von der Unsterblichkeit alles Lebenden ist. …

Ich wollte aber auch die Menschen lehren, in der brüderlichen Liebe zur Natur Quellen der Freude und Ströme des Lebens zu finden; ich wollte die Kunst des Schauens, des Wanderns und Genießens, die Lust am Gegenwärtigen predigen. Gebirge, Meere und grüne Inseln wollte ich in einer verlockend mächtigen Sprache zu euch reden lassen und wollte euch zwingen, zu sehen, was für ein maßlos vielfältiges, treibendes Leben außerhalb eurer Häuser und Städte täglich blüht und überquillt. Ich wollte erreichen, daß ihr euch schämt, von ausländischen Kriegen, von Mode, Klatsch, Literatur und Künsten mehr zu wissen als vom Frühling, der vor euren Städten sein unbändiges Treiben entfaltet, und als vom Strom, der unter euren Brücken hinfließt, und von den Wäldern und herrlichen Wiesen, durch welche eure Eisenbahn rennt. ...

Ich hoffte, euch zu lehren, allem Lebendigen rechte Brüder zu sein und so voll Liebe zu werden, daß ihr auch das Leid und auch den Tod nicht mehr fürchten, sondern als ernste Geschwister ernst und geschwisterlich empfangen würdet, wenn sie zu euch kämen.

Das alles hoffte ich nicht in Hymnen und hohen Liedern, sondern schlicht, wahrhaftig und gegenständlich darzustellen, ernsthaft und scherzhaft, wie ein heimgekehrter Reisender seinen Kameraden von draußen erzählt.

Ich wollte – ich wünschte – ich hoffte –

Weiße Wolken

O schau, sie schweben wieder
Wie leise Melodien
Vergessener schöner Lieder
Am blauen Himmel hin!

Kein Herz kann sie verstehen,
Dem nicht auf langer Fahrt
Ein Wissen von allen Wehen
Und Freuden des Wanderns ward.

Ich liebe die Weißen, Losen
Wie Sonne, Meer und Wind,
Weil sie der Heimatlosen
Schwestern und Engel sind.

Schönheit und Schwermut der Wolken

Berge, See, Sturm und Sonne waren meine Freunde, erzählten mir und erzogen mich und waren mir lange Zeit lieber und bekannter als irgend Menschen und Menschenschicksale. Meine Lieblinge aber, die ich dem glänzenden See und den traurigen Föhren und sonnigen Felsen vorzog, waren die Wolken.

Zeigt mir in der weiten Welt den Mann, der die Wolken besser kennt und mehr lieb hat als ich! Oder zeigt mir das Ding in der Welt, das schöner ist als Wolken sind! Sie sind Spiel und Augentrost, sie sind

Segen und Gottesgabe, sie sind Zorn und Todesmacht. Sie sind zart, weich und friedlich wie die Seelen von Neugeborenen, sie sind schön, reich und spendend wie gute Engel, sie sind dunkel, unentrinnbar und schonungslos wie die Sendboten des Todes. Sie schweben silbern in dünner Schicht, sie segeln lachend weiß mit goldenem Rand, sie stehen rastend in gelben, roten und bläulichen Farben. Sie schleichen finster und langsam wie Mörder, sie jagen sausend kopfüber wie rasende Reiter, sie hängen traurig und träumend in bleichen Höhen wie schwermütige Einsiedler. Sie haben die Formen von seligen Inseln und die Formen von segnenden Engeln, sie gleichen drohenden Händen, flatternden Segeln, wandernden Kranichen. Sie schweben zwischen Gottes Himmel und der armen Erde als schöne Gleichnisse aller Menschensehnsucht, beiden angehörig – Träume der Erde, in welchen sie ihre befleckte Seele an den reinen Himmel schmiegt. Sie sind das ewige Sinnbild alles Wanderns, alles Suchens, Verlangens und Heimbegehrens. Und so, wie sie zwischen Erde und Himmel zag und sehnend und trotzig hängen, so hängen zag und sehnend und trotzig die Seelen der Menschen zwischen Zeit und Ewigkeit.

Oh, die Wolken, die schönen, schwebenden, rastlosen! Ich war ein unwissendes Kind und liebte sie, schaute sie an und wußte nicht, daß auch ich als eine Wolke durchs Leben gehen würde – wandernd, überall fremd, schwebend zwischen Zeit und Ewigkeit. Von Kinderzeiten her sind sie mir liebe Freundinnen und Schwestern gewesen. Ich kann nicht über die Gasse gehen, so nicken wir einander zu, grüßen uns und verweilen einen Augenblick Aug in Auge. Auch vergaß ich nicht, was ich damals von ihnen lernte: ihre Formen, ihre Farben, ihre Züge, ihre Spiele, Reigen, Tänze und Rasten, und ihre seltsam irdisch-himmlischen Geschichten ...

Bald kam auch die Zeit, daß ich mich den Wolken nähern, zwischen sie treten und manche aus ihrer Schar von oben betrachten durfte. Ich war zehn Jahre alt, als ich den ersten Gipfel erstieg, den Sennalpstock, an dessen Fuß unser Dörflein Nimikon liegt. Da sah ich denn zum erstenmal die Schrecken und die Schönheiten der Berge. Tiefgerissene Schluchten, voll von Eis und Schneewasser, grüngläserne Gletscher, scheußliche Moränen, und über allem wie eine Glocke hoch und rund der Himmel. Wenn einer zehn Jahre lang zwischen Berg und See geklemmt gelebt hat und rings von nahen Höhen eng umdrängt war, dann vergißt er den Tag nicht, an dem zum erstenmal ein großer, breiter Himmel über ihm und vor ihm ein unbegrenzter Horizont lag. Schon beim Aufstieg war ich erstaunt, die mir von unten her wohlbekannten Schroffen und Felswände so überwältigend groß zu finden. Und nun sah ich, vom Augenblick ganz bezwungen, mit Angst und Jubel plötzlich die ungeheure Weite auf mich hereindringen. So fabelhaft groß war also die Welt! Unser ganzes Dorf, tief unten verloren liegend, war nur noch ein kleiner heller Fleck. Gipfel, die man vom Tale aus für eng benachbart hielt, lagen viele Stunden weit auseinander.

Da fing ich an zu ahnen, daß ich nur erst ein schmales Blinzeln, noch kein gediegenes Schauen von der Welt gehabt hatte und daß da draußen Berge stehen und fallen und große Dinge geschehen konnten, von denen auch nicht die leiseste Kunde je in unser abgetrenntes

Bergloch kam. Zugleich aber zitterte etwas in mir gleich dem Zeiger des Kompasses mit unbewußtem Streben mächtig jener großen Ferne entgegen. Und nun verstand ich auch die Schönheit und Schwermut der Wolken erst ganz, da ich sah, in was für endlose Fernen sie wanderten.

Die leise Wolke

Eine schmale, weiße
Ein sanfte, leise
Wolke weht im Blauen hin.
Senke deinen Blick und fühle
Selig sie mit weißer Kühle
Dir durch blaue Träume ziehen.

Wolken

Wenn ich Landschaftsmalern zusah, war ich oft erstaunt, zu beobachten, wie schnell und leicht man einen blauen oder andersfarbigen Himmel mit netten, sauberen, sehr stimmungsvollen Wolken bevölkern kann. Es ist wie mit dem Gedichtemachen, das uns Dichtern ja auch verwunderlich leicht fällt. Aber je länger und besser man sie nachher betrachtet, desto besser und betrübter nimmt man wahr, daß die netten Gedichte und die netten Wolken eine wohlfeile Ware sind und einem klaren Blick nur selten standhalten. Von den viel tausend gemalten Wolken, die ich gesehen habe, ziehen mir nur wenige jetzt noch zuweilen über den Himmel der Erinnerung, unheimlich

wenige, und von denen sind noch die meisten Werke alter Meister, während man doch oft sagen hört, die Luft und ihre Erscheinungen seien von den Künstlern erst vor einigen Jahrzehnten entdeckt, ja beinahe erfunden worden. Unter den neueren Malern, denen ich einige wirklich haltbare Wolken verdanke, sind die Schweizer Segantini und Hodler. Segantini hat einige Alpenwolken gemalt, die sind zwar etwas schwer und materiell, sonst aber wie aus Gottes Hand, und Hodler hat einigemal, namentlich auf einem fast unscheinbaren kleinen Bild im Basler Museum, ganz leichte, formlose, kleine weiße Dünste gemalt, die unglaublich fein über einem blauen Seespiegel schweben und die ganze Luft lebendig machen.
Doch wollte ich nicht von den Malern reden; auf diesem Gebiete sind die Dichter gründlich entbehrlich und durch Fachleute ersetzt worden, obwohl diese, sobald es an ein wirkliches Darstellen und Eindruckerwecken gehen soll, meistens sich der Dichter doch stark bedienen oder, wenn sie es innig genug meinen, selber wieder zu dichten beginnen. Denn jede Wissenschaft, nicht nur die ästhetische, braucht in entscheidenden Momenten das rein künstlerische, unmittelbare Zusammenhängen von Auge und Sprache, die Fähigkeit des sinnfälligen Ausdrucks.
Nicht selten sah ich auch photographierte Wolken, und ich muß sagen, es waren vollkommene dabei, wenn auch nicht viele, da keine Platte farbenempfindlich genug ist. Dabei waren die Bilder, auf denen nur Himmel aufgenommen war, kein Stück Erde dazu, meistens mißlungen. Denn sie konnten vom Eindruck der Bewegung wenig geben, und die Ungewißheit über die Entfernungen, in der sie den Beschauer lassen, hebt jede schöne Wirkung wieder auf.

Mir scheint, gerade das macht die Wolken schön und bedeutsam, daß sie sich bewegen, und daß sie im Himmel, der für unser Auge toter Raum ist, Entfernungen, Maße und Zwischenräume schaffen. Daß diese Entfernungen und Maße unerhört täuschen, ist ganz belanglos. Ein auf einer Wasseroberfläche schwimmender Gegenstand täuscht ebenso: stets überschätzt das Auge die Entfernung zwischen sich und dem Gegenstand, und unterschätzt die zwischen Gegenstand und jenseitigem Ufer oder Horizont.
Durch die Wolken gewinnt der Luftraum, in welchem sonst der Blick nichts mehr fände und mit den Maßen die Teilnahme und Aufmerksamkeit verlöre, eine reiche Sichtbarkeit: er wird Fortsetzung der Erde. Im kleinen tut diesen Dienst auch ein Vogel, ein Papierdrache, eine Rakete: wir empfinden für Augenblicke als teilbaren Raum, was eben noch Leere und Nichts war. Diesen Dienst könnte uns die bloße Erkenntnis von der Nichtleere des Luftraumes niemals tun, denn das Auge glaubt der Vernunft nicht leicht, wie es denn auch trotz allem Wissen des Gegenteils die Sonne sich bewegen und die Erde stillstehen sieht.
Was der Vogel im kleinen tut, tun die Wolken im großen. Sie machen den ungeheuren Raum anschaulich, lebendig, anscheinend meßbar, und sie verbinden uns mit ihm. Denn sie gehören ja zu uns, sind irdisch, sind irdisches Wasser, sind das einzige Stück Erde und irdischer Materie, das dem Auge sichtbar emporsteigt und das Sein und Leben der Erde im unsichtbaren Raume weiterlebt.
Daher auch das von jedem Nachmittagsbummler empfundene Symbolische der Wolken, das ganz andere Vorstellungen und Gefühle weckt als der Anblick

der Sonne, des Mondes, der Sterne. Die sind nicht irdisch, auch nicht meßbar nahe, sondern haben ihr eigenes Sein und Leben. Sie sind nicht ein Stück Erde, das im Raume schwebt, und ihre Form und Bewegung erhalten sie nicht von den uns nahen, vertrauten Naturkräften. Die Wolken aber teilen Licht und Dunkelheit, Wind und Wärme mit uns. Sie sind nicht Welten, sondern gehören zu unserer Welt, entstehen und vergehen vor unseren Augen unter Gesetzen, die wir verstehen und die wir selbst gleichzeitig fühlen, und kehren stets wieder zu Erde zurück.

Aber diese Rückkehr sehen wir selten. Bei einem kräftigen Regen oder Schneefall sehen wir keine Wolken mehr. Und während wir sie sehen, ist ihre Zweckmäßigkeit unserem Auge nicht erkennbar.

Wie die Wolken uns den Luftraum sichtbarer machen, so machen sie uns die Bewegungen der Luft wahrnehmbar. Und die Bewegungen der Luft sind zwar nicht unserem Denken, wohl aber unseren Sinnen stets rätselhaft und darum fesselnd. Wenn hundert Meter oder dreihundert oder tausend Meter über meinem Kopf die Luft bewegt ist, Strömungen gehen, sich treffen, kreuzen, teilen, bekämpfen, so habe ich nichts davon. Sehe ich aber eine Wolke oder eine Wolkenschar wandern, rascher und langsamer reisen, innehalten, sich teilen, ballen, umformen, schmelzen, bäumen, zerreißen, so ist das ein Schauspiel und nimmt Interesse und Teilnahme in Anspruch.

So ist es auch mit dem Licht, das wir im scheinbar leeren, blauen Raum nicht wahrnehmen. Schwimmt aber eine Wolke darin, wird sie grau, hellgrau, weiß, golden, rosig, so ist all das Licht in der Höhe mir nicht mehr verloren; ich sehe, beobachte, genieße es. Wer

hat nicht schon am Abend, wenn die Sonne längst versunken und die Erde erloschen war, hoch oben noch Wolken brennen und im Lichte schwimmen sehen!
Bedenken wir, daß die Wolken ein Stück Erde, Materie sind und ihr irdisches, materielles Leben in der Höhe, in Räumen führen, wo wir außer ihnen nichts Stoffliches erblicken können, so leuchtet ihre Symbolik ohne weiteres ein. Sie bedeuten uns ein Weiterspielen des Irdischen im Entrückten, einen Versuch der Materie, sich aufzulösen, eine innige Gebärde der Erde, eine Gebärde der Sehnsucht nach Licht, Höhe, Schweben, Selbstvergessen. Die Wolken sind in der Natur, was in der Kunst die Flügelwesen, Genien und Engel sind, deren menschlich-irdische Leiber Flügel haben und der Schwere trotzen.
Und schließlich bedeuten uns die Wolken noch ein Gleichnis der Vergänglichkeit, ein zumeist heiteres, befreiendes, wohltuendes. Wir sehen ihre Reisen, Kämpfe, Rasten, Feste an und deuten sie träumend, wir sehen menschliche Kämpfe, Feste, Reisen, Spiele in ihnen, und es tut uns wohl und weh zu sehen, wie das ganze und schöne Schattenspiel so flüchtig, veränderlich, vergänglich ist.

Frühling

Wieder schreitet er den braunen Pfad
von den stürmeklaren Bergen nieder,
Wieder quellen, wo der Schöne naht,
Liebe Blumen auf und Vogellieder.

Wieder auch verführt er meinen Sinn,
Dass in dieser zarterblühten Reine
mir die Erde, deren Gast ich bin,
Eigentum und holde Heimat scheine.

°

H Hesse

Im Garten

Wer einen Garten hat, für den ist es jetzt Zeit, an die vielen Frühlingsarbeiten zu denken. Da geht man nachdenklich durch die schmalen Wegchen zwischen den leeren Beeten, an deren Nordrändern noch ein klein wenig gelber Schnee liegt und die noch gar nicht frühlingshaft aussehen. Auf den Wiesen, an Bachrändern und am Saume der warmen, steilen Weingärten treibt aber schon mancherlei grünes Leben, es stehen auch schon die ersten gelben Mattenblumen mit schüchtern-frohem Lebensmut im Gras und schauen mit offenen Kinderaugen in die stille, erwartungsvolle Welt. Aber im Garten ist außer den Schneeglöckchen noch alles tot; hier bringt der Frühling weniges von selber, und die nackten Beete warten geduldig auf Pflege und Samen.

Die Spaziergänger und Sonntagsnaturfreunde haben es jetzt wieder gut; sie können umhergehen und dem Wunder der Wiederbelebung vergnügt zuschauen. Sie sehen das Wiesengrün mit frohen farbigen Erstlingsblumen bestickt, die Bäume mit harzigen Knospen besetzt, sie schneiden sich Zweige mit silbernen Palmkätzchen ab, um sie daheim ins Zimmer zu stellen, und betrachten alle die Herrlichkeit mit einem behaglichen Erstaunen darüber, wie leicht und selbstverständlich das zugeht, daß alles zur rechten Zeit kommt und treibt und zu blühen beginnt. Sie haben wohl Gedanken, aber keinerlei Sorgen dabei, da sie nur das Gegenwärtige sehen und weder Nachtfröste noch Engerlinge noch Mäuse noch anderen Schaden zu fürchten brauchen.

Die Gartenbesitzer haben es in diesen Tagen nicht so beschaulich. Sie gehen umher und merken, daß manches versäumt ist, was noch im Winter hätte geschehen können; sie besinnen sich, was denn dies Jahr werden soll, sie betrachten mit Sorge die Beete und Bäume, die sich im vorigen Jahr schlecht gehalten haben, überzählen ihre Vorräte an Samen und Knollen, untersuchen auch das Gartenwerkzeug, finden den Spatenstiel abgebrochen und die Baumschere verrostet. – Natürlich geht es nicht allen so. Die Berufsgärtner haben ihre Gedanken auch den ganzen Winter über bei der Arbeit gehabt, und auch manche emsige Liebhaber und kluge Hausfrauen zeigen sich in allem wohlgerüstet. Bei ihnen fehlt kein Gerätstück, ist kein Messer eingerostet, kein Samenpaket feucht gelegen, keine Knolle noch Zwiebel im Keller verfault oder verlorengegangen; auch der ganze Gartenplan fürs neue Jahr ist fertig und durchgedacht, der etwa nötige Dung im voraus bestellt und überhaupt alles musterhaft vorbereitet. Wohl ihnen; sie verdienen Lob und Bewunderung und ihre Gärten werden auch dieses Jahr wieder alle Monate hindurch die unsrigen beschämend überglänzen.
Aber dagegen ist kein Kraut gewachsen. Wir anderen, wir Dilettanten und Faulpelze, wir Träumer und Winterschläfer, sehen uns eben wieder einmal vom Frühling überrascht und betrachten mit Bestürzung, was alles die fleißigeren Nachbarn schon getan haben, während wir ahnungslos in angenehmen Winterträumen lebten. Nun schämen wir uns, es pressiert plötzlich schrecklich, und indem wir dem Versäumten nachlaufen und unsere Scheren schleifen und dringend an die Samenhändler schreiben, gehen schon wieder halbe und ganze Tage ungenützt dahin.

Am Ende sind aber auch wir fertig und greifen zur Arbeit. Die ist nun in den ersten Tagen zwar wieder, wie immer, ahnungsvoll beglückend und erregend, aber auch schwer, und während der erste Schweiß des Jahres an der Stirn quillt und die Stiefel im weichen, schweren Boden einsinken und die Hände am Spatenstiel zu schwellen und weh zu tun beginnen, will uns schon die harmlose, zarte Märzensonne fast ein wenig zu warm vorkommen. Müde und mit schmerzendem Rücken kehren wir nach ein paar sauren Stunden ins Haus zurück, wo uns die Ofenwärme ganz wunderlich fremd und komisch anmutet, und sitzen den Abend bei Lampenlicht über unserem Gartenbuch, das so viele verlockende Dinge und Kapitel enthält, aber auch von vielen herben und unlustigen Arbeiten erzählt. Immerhin, die Natur ist gütig und es wird am Ende auch im Garten des Bequemen ein Beet voll Spinat, ein Beet voll Lattich, ein wenig Obst und zur Augenweide ein fröhlicher Sommerflor gedeihen.

Beim ersten mühsamen Umgraben des Bodens erscheinen Engerlinge, Käfer, Larven und Gespinste, die wir mit frohem Grimm vertilgen. In vertraulicher Nähe aber singt die Amsel und plaudern die Meisen. Die Sträucher und Bäume haben gut überwintert, ihre braunen Knospen lachen fett und verheißungsvoll, die Rosenstämmlein wanken leise im Winde und nicken in Träumen zukünftiger Herrlichkeit. Mit jeder Stunde wird das alles uns wieder mehr vertraut, wir ahnen überall den Sommer, und wir schütteln den Kopf und begreifen nicht mehr, wie wir den langen dumpfen Winter haben aushalten können. Ist es nicht ein Elend: fünf lange dunkle Monate ohne Garten, ohne Duft, ohne Blumen, ohne grünes Laub! Aber nun beginnt das alles wieder, und wenn auch heute der Garten noch öde liegt, so ist für den, der darin arbeitet, doch alles im Keim und in der Vorstellung schon da. Die Beete haben Leben, hier wird lichtgrüner Lattich stehen, da die lustigen Erbsen, dort die Erdbeeren. Wir ebnen den gegrabenen Boden, ziehen schöne glatte Reihen nach der Schnur, worein die Samen kommen sollen, und in den Blumenrabatten verteilen wir voraussehend die Farben und Formen, häufen Blau und Weiß, schmettern ein lachendes Rot dazwischen, säumen die Pracht hier mit Vergißmeinnicht und dort mit Reseden ein, sparen nicht mit dem leuchtenden Kapuziner und lassen auch, an einen sommerlichen Imbiß und Weintrunk denkend, hier und dort Platz für ein Büschel Radieschen.

Und mit der fortschreitenden Arbeit legen sich die törichten Freudewogen und werden ruhig, und wunderlich ergreift uns dies kleine, harmlose Gartenwesen mit Anklängen und Gedanken anderer Art. Es ist ja etwas von Schöpferlust und Schöpferübermut beim Gartenbau; man kann ein Stückchen Erde nach seinem Kopf und Willen gestalten, man kann sich für den Sommer Lieblingsfrüchte, Lieblingsfarben, Lieblingsdüfte schaffen. Man kann ein kleines Beet, ein paar Quadratmeter nackten Bodens zu einem Gewoge von Farben, zu einem Augentrost und Paradiesgärtlein machen. Allein es hat doch seine engen Grenzen. Schließlich muß man mit allen Gelüsten und aller Phantasie doch wollen, was die Natur will, und muß sie machen und sorgen lassen. Und die Natur ist unerbittlich. Sie läßt sich etwas abschmeicheln, läßt sich scheinbar einmal überlisten, aber nachher fordert sie desto strenger ihr Recht.

Man kann als Lustgärtner in den paar allzu kurzen warmen Monaten viel beobachten. Wenn man will und dazu veranlagt ist, sieht man nichts als Fröhliches: Überschwang der Erdkraft im Zeugen und Bilden, Spiellaune und Phantasie der Natur in Gebilden und Farben, lustiges Kleinleben mit manchen Anklängen ans Menschliche, denn es gibt auch unter den Gewächsen gute und schlechte Haushalter, Sparer und Verschwender, stolz Genügsame und Schmarotzer. Es gibt Pflanzen, deren Art und Leben philiströs und hausbacken ist, und andere, die es recht wie Herren und Genießer treiben; es gibt unter ihnen gute Nachbarn und schlimme, Freundschaften und Abneigungen. Es gibt Gewächse, die treiben und leben und sterben wild und zügellos und ohne Maß, und es gibt arme Benachteiligte, die hungern sich kümmerlich durch ein blasses und schweres Dasein. Manche zeugen, vermehren sich und wuchern mit einer fabelhaften Üppigkeit, anderen muß man die Nachkommenschaft mühsam entlocken.
Erstaunlich und bedenklich ist mir immer die ungeheure Schnelligkeit und Hast, mit welcher so ein Gartensommer kommt und geht. Ein paar Monate – und in dieser kurzen Zeit wachsen, brüsten sich, leben, welken und sterben in den Beeten die Geschlechter. Kaum ist so ein Beet voll junger Kräutchen gepflanzt, gegossen, gedüngt, da treibt es schon und wächst und tut groß mit seinem vergänglichen Gedeihen – und kaum, daß der Mond zwei-, dreimal wechselt, da ist die junge Pflanzung schon alt und hat ihren Zweck erfüllt, wird ausgerottet und muß neuem Leben Platz machen. Bei keiner Beschäftigung und bei keinem Nichtstun geht ein Sommer so erschreckend rasch und eilig dahin wie beim Gärtnern.

Und dann ist in einem Garten der enge Kreislauf alles Lebens noch enger und deutlicher und einleuchtender zu sehen als irgendwo sonst. Kaum hat das Gartenjahr begonnen, so gibt es auch schon Abfälle, Leichen, abgeschnittene Triebe, gestutzte Stengel, erstickte oder sonst umgekommene Pflanzen, und jede Woche werden es mehr. Sie kommen alle, zusammen mit dem Küchenabfall, mit Äpfel-, Zitronen- und Eierschalen und allerlei Kehricht auf den Dunghaufen; ihr Welken und Vergehen und Verwesen ist nicht gleichgültig, es wird bewacht und nichts wird weggeworfen. Sonne, Regen, Nebel, Luft, Kälte zersetzen den unschönen Haufen, den der Gärtner sorgfältig bewahrt, und kaum ist wieder ein Jahr um und ein Gartensommer verblüht, so sind alle die Leichen schon verwest und kommen wieder in den Boden, den sie fett und schwarz und fruchtbar machen müssen, und es geht wieder nicht lange, so steigen aus dem trüben Schutt und Tod von neuem Keime und Sprossen, so kehrt das Faule und Aufgelöste mit Macht in neuen, schönen, farbigen Gestalten wieder. Und der ganze, einfache und sichere Kreislauf, der dem Menschen so viel und schwer zu denken gibt und an dem alle Religionen ahnungsvoll verehrend deuten, geht in jedem kleinen Gärtchen so still und rasch und deutlich vor sich. Kein Sommer, der sich nicht vom Tode des vorigen nährt. Und kein Gewächs, das nicht ebenso still und sicher zu Erde wird, wie es aus Erde zur Pflanze ward.

In meinem kleinen Garten säe ich mit froher Frühlingserwartung Bohnen und Salat, Reseden und Kressen, und dünge sie mit den Resten ihrer Vorgänger, denke an diese zurück und an die kommenden Pflanzengeschlechter voraus. Wie jedermann nehme ich diesen wohlgeordneten Kreislauf hin als eine selbstverständliche und im Grunde innig schöne Sache; und nur zuweilen kommt es mir im Säen und Ernten für Augenblicke in den Sinn, wie merkwürdig es doch ist, daß von allen Geschöpfen der Erde nur allein wir Menschen an diesem Lauf der Dinge etwas auszusetzen haben und mit der Unsterblichkeit aller Dinge nicht zufrieden sind, sondern für uns eine persönliche, eigene, besondere haben wollen.

Der Blütenzweig

Immer hin und wider
Strebt der Blütenzweig im Winde,
Immer auf und nieder
Strebt mein Herz gleich einem Kinde
Zwischen hellen, dunklen Tagen,
Zwischen Wollen und Entsagen.

Bis die Blüten sind verweht
Und der Zweig in Früchten steht,
Bis das Herz, der Kindheit satt,
Seine Ruhe hat
Und bekennt: voll Lust und nicht vergebens
War das unruhvolle Spiel des Lebens.

Schon als kleines Kind hatte ich je und je den Hang gehabt, bizarre Formen der Natur anzuschauen, nicht beobachtend, sondern ihrem eigenen Zauber, ihrer krausen, tiefen Sprache hingegeben. Lange, verholzte Baumwurzeln, farbige Adern im Gestein, Flekken von Öl, das auf Wasser schwimmt, Sprünge im Glas – alle ähnlichen Dinge hatten zuzeiten großen Zauber für mich gehabt, vor allem auch das Wasser und das Feuer, der Rauch, die Wolken, der Staub, und ganz besonders die kreisenden Farbflecke, die ich sah, wenn ich die Augen schloß. ... Das Betrachten solcher Gebilde, das Sichhingeben an irrationale, krause, seltsame Formen der Natur erzeugt in uns ein Gefühl von der Übereinstimmung unseres Innern mit dem Willen, der diese Gebilde werden ließ – wir spüren bald die Versuchung, sie für unsere eigenen Launen, für unsere eigenen Schöpfungen zu halten – wir sehen die Grenze zwischen uns und der Natur zittern und zerfließen und lernen die Stimmung kennen, in der wir nicht wissen, ob die Bilder auf unserer Netzhaut von äußeren Eindrücken stammen oder von inneren. Nirgends so einfach und leicht wie bei dieser Übung machen wir die Entdeckung, wie sehr wir Schöpfer sind, wie sehr unsere Seele immerzu teilhat an der beständigen Erschaffung der Welt. Vielmehr ist es dieselbe unteilbare Gottheit, die in uns und die in der Natur tätig ist, und wenn die äußere Welt unterginge, so wäre einer von uns fähig, sie wieder aufzubauen, denn Berg und Strom, Baum und Blatt, Wurzel und Blüte, alles Gebildete in der Natur liegt in uns vorgebildet, stammt aus der Seele, deren Wesen Ewigkeit ist, deren Wesen wir nicht kennen, das sich uns aber zumeist als Liebeskraft und Schöpferkraft zu fühlen gibt.

Das ist mir immer wieder sonderbar, unbegreiflich und hinreißender als alle Fragen und Taten des Tages und Menschengeistes: wie ein Berg sich in den Himmel reckt und wie die Lüfte lautlos in einem Tale ruhen, wie gelbe Birkenblätter vom Zweige gleiten und Vogelzüge durch die Bläue fahren. Da greift einem das ewig Rätselhafte so beschämend und so süß ans Herz, daß man allen Hochmut ablegt, mit dem man sonst über das Unerklärliche redet, und daß man doch nicht erliegt, sondern alles dankbar annimmt und sich bescheiden und stolz als Gast des Weltalls fühlt. …

Mein Weg führte am Rand des Waldes weiter, der hier die Wetterseite hatte, und ich fand meine Kurzweil an den kühnen, bedeutungsvoll grotesken Formen der Stämme, Äste und Wurzeln. Nichts kann die Phantasie stärker und inniger beschäftigen. Zuerst herrschen meistens komische Eindrücke vor: Fratzen, Spottgestalten und Karikaturen bekannter Gesichter werden in Wurzelverschlingungen, Erdspalten, Astgebilden, Laubmassen erkennbar. Dann ist das Auge geschärft und sieht, ohne zu suchen, ganze Heere von wunderlichen Formen. Das Komische verschwindet, denn alle diese Gebilde stehen so entschlossen, keck und unverrückbar da, daß ihre schweigende Schar bald Gesetzmäßigkeit und ernste Notwendigkeit verkündet. Und endlich werden sie unheimlich und anklagend. Es ist nicht anders, der wandelbare und maskentragende Mensch erschrickt, sobald er ernsthaft zusieht, vor den Zügen jedes natürlich Gewachsenen.

Landstreicherherberge

Wie fremd und wunderlich das ist,
Daß immerfort in jeder Nacht
Der leise Brunnen weiterfließt
Vom Ahornschatten kühl bewacht,

Und immer wieder wie ein Duft
Der Mondschein auf den Giebeln liegt
Und durch die kühle, dunkle Luft
Die leichte Schar der Wolken fliegt!

Das alles steht und hat Bestand,
Wir aber ruhen eine Nacht
Und gehen weiter über Land,
Wird uns von niemand nachgedacht.

Und dann, vielleicht nach manchem Jahr,
Fällt uns im Traum der Brunnen ein
Und Tor und Giebel, wie es war
Und jetzt noch und noch lang wird sein.

Wie Heimatahnung glänzt es her
Und war doch nur zu kurzer Rast
Ein fremdes Dach dem fremden Gast,
Er weiß nicht Stadt nicht Namen mehr.

Wie fremd und wunderlich das ist,
Daß immerfort in jeder Nacht
Der leise Brunnen weiterfließt,
Vom Ahornschatten kühl bewacht!

Musik

Wieder sitze ich auf meinem bescheidenen Eckplatz im Konzertsaal, der mir lieb ist, weil ich niemand hinter mir sitzen habe, und wieder rauscht der leise Lärm und glitzert das reiche Licht des vollen Saales mild und fröhlich auf mich ein, indes ich warte, im Programm lese und die süße Spannung fühle, die nun bald der klopfende Taktstock des Dirigenten aufs höchste treiben und die gleich darauf der erste schwellende Orchesterklang entladen und erlösen wird. Ich weiß nicht, wird er hoch und aufreizend schwirren wie hochsommerlicher Insektentanz in der Julinacht, wird er mit Hörnern einsetzen, hell und freudig, wird er dumpf und schwül in gedämpften Bässen atmen? Ich kenne die Musik nicht, die mich heute erwartet, und ich bin voll Ahnung und suchendem Vorgefühl, voll von Wünschen, wie es sein möge, und voll Vorgenuß und Zuversicht, es werde sehr schön sein. Denn Freunde haben mir das erzählt.
Vorn im großen weißen Saal haben sich die Schlachtreihen geordnet, hoch stehen die Kontrabässe aufgerichtet und schwanken leise mit Giraffenhälsen, gehorsam beugen sich die nachdenklichen Cellisten über ihre Saiten, das Stimmen ist schon fast vorüber, ein letzter probender Laut aus einer Klarinette triumphiert aufreizend herüber.
Jetzt ist der köstliche Augenblick, jetzt steht der Dirigent lang und schwarz gereckt, die Lichter im Saale sind plötzlich ehrfürchtig erloschen, auf dem Pult leuchtet geisterhaft, von unsichtbarer Lampe heftig bestrahlt, die weiße Partitur. Unser Dirigent, den wir

alle dankbar lieben, hat mit dem Stäbchen gepocht, er hat beide Arme ausgebreitet und steht steil gespannt in drängender Bereitschaft. Und jetzt wirft er den Kopf zurück, man ahnt selbst von hinten das feldherrnhafte Blitzen seiner Augen, er regt die Hände wie Flügelspitzen, und alsbald ist der Saal und die Welt und mein Herz von kurzen, raschen, schaumigen Geigenwellen überflutet. Hin ist Volk und Saal, Dirigent und Orchester, hin und versunken ist die ganze Welt, um vor meinen Sinnen in neuen Formen wiedergeschaffen zu werden. Weh dem Musikanten, der es jetzt unternähme, uns Erwartungsvollen eine kleine, schäbige Welt aufzubauen, eine unglaubhafte, erklügelte, verlogene!

Aber nein, ein Meister ist am Werk. Aus der Leere und Versunkenheit des Chaos wirft er eine Woge empor, breit und gewaltig, und über der Woge bleibt eine Klippe stehen, ein öder Inselsitz, eine bange Zuflucht überm Abgrund der Welten, und auf der Klippe steht ein Mensch, steht der Mensch, einsam im Grenzenlosen, und in die gleichmütige Wildnis tönt sein schlagendes Herz mit beseelender Klage. In ihm atmet der Sinn der Welt, ihn erwartet das gestaltlose Unendliche, seine einsame Stimme fragt in die leere Weite, und seine Frage ist es, die Gestalt, Ordnung, Schönheit in die Wüste zaubert. Hier steht ein Mensch, ein Meister zwar, aber er steht erschüttert und zweifelnd überm Abgrund, und in seiner Stimme liegt Grauen.

Aber siehe, die Welt tönt ihm entgegen, Melodie strömt in das Unerschaffene, Form durchdringt das Chaos, Gefühl hallt in dem unendlichen Raume wider. Es geschieht das Wunder der Kunst, die Wiederholung der Schöpfung. Stimmen antworten der einsamen Frage, Blicke strahlen dem suchenden Auge entgegen, Herzschlag und Möglichkeit der Liebe dämmert aus der Öde empor, und im Morgenrot seines jungen Bewußtseins nimmt der erste Mensch von der willigen Erde Besitz. Stolz blüht in ihm auf und tiefe freudige Rührung, seine Stimme wächst und herrscht, sie verkündet die Botschaft der Liebe.

Schweigen tritt ein; der erste Satz ist zu Ende. Und wieder hören wir ihn, den Menschen, in dessen Sein und Seele wir einbegriffen sind. Die Schöpfung geht ihren Gang, es entsteht Kampf, es entsteht Not, es entsteht Leiden. Er steht und klagt, daß uns das Herz zittert, er leidet unerwiderte Liebe, er erlebt die furchtbare Vereinsamung durch Erkenntnis. Stöhnend wühlt die Musik im Schmerz, ein Horn ruft klagend wie in letzter Not, das Cello weint verschämt, aus dem Zusammenklang vieler Instrumente gerinnt eine schaudernde Trauer, fahl und hoffnungslos, und aus der Nacht des Leidens steigen Melodien, Erinnerungen vergangener Seligkeit, wie fremde Sternbilder in trauriger Kühle herauf.

Aber der letzte Satz spinnt aus der Trübe einen goldenen Trostfaden heraus. O, wie die Oboe emporsteigt und ausweinend niedersinkt! Kämpfe lösen sich zu schöner Klarheit, häßliche Trübungen schmelzen hin und blicken plötzlich still und silbern, Schmerzen flüchten sich schamvoll in erlösendes Lächeln. Verzweiflung wandelt sich mild in Erkenntnis der Notwendigkeit, Freude und Ordnung kehren erhöht und verheißungsvoller wieder, vergessene Reize und Schönheiten treten hervor und zu neuen Reigen zusammen. Und alles vereinigt sich, Leid und Wonne, und wächst in großen Chören hoch und höher, Himmel tun sich auf, und segnende Götter blicken tröstlich auf die ansteigenden Stürme der Menschensehnsucht nieder. Ausgeglichen, erobert und zum Frieden gebracht, schwebt die Welt einen süßen Augenblick, sechs Takte lang, selig in begnügter Vollendung, in sich beglückt und vollkommen! Und das ist das Ende. Noch vom großen Eindruck betäubt, suchen wir uns durch Klatschen zu erleichtern. Und in dem Getümmel erregter, beifallklatschender Minuten wird uns klar, wird uns jedem von sich selbst und vom andern bestätigt, daß wir etwas Großes und herrlich Schönes erlebt haben.

Manche »fachmännische« Musiker erklären es für falsch und dilettantenhaft, wenn der Hörer während einer musikalischen Aufführung Bilder sieht: Landschaften, Menschen, Meere, Gewitter, Tages- und Jahreszeiten. Mir, der ich so sehr Laie bin, daß ich auch nicht die Tonart eines Stückes richtig erkennen kann, mir scheint das Bildersehen natürlich und gut; ich fand es übrigens schon bei guten Fachmusikern wieder. Selbstverständlich mußte beim heutigen Konzert durchaus nicht jeder Hörer dasselbe sehen wie ich: die große Woge, die Klippeninsel des Einsamen und alles das. Wohl aber, scheint mir, mußte in jedem Zuhörer diese Musik dieselbe Vorstellung eines organischen Wachsens und Seins hervorrufen, eines Entstehens, eines Kämpfens und Leidens und schließlich eines Sieges. Ein guter Wanderer mochte ganz wohl dabei die Bilder einer langen und gefahrvollen Alpentour vor Augen haben, ein Philosoph das Erwachen eines Bewußtseins und sein Werden und Leiden bis zum dankbaren, reifen Jasagen, ein Frommer den Weg einer suchenden Seele von Gott weg und zu einem größeren, gereinigten Gotte zurück. Keiner aber, der überhaupt willig zugehört, konnte den dramatischen Bogen dieses Gebildes verkennen, den Weg vom Kind zum Manne, vom Werden zum Sein, vom Einzelglück zur Versöhnung mit dem Willen des Alls.

In satirischen und humoristischen Romanen oder Feuilletons habe ich manchmal erbärmliche und bedauernswerte Typen von Konzertbesuchern verhöhnt gefunden: den Geschäftsmann, der während des Trauermarsches der Eroica an Wertpapiere denkt, die reiche Dame, die in ein Brahmskonzert geht, um ihren Schmuck zu zeigen, die Mutter, die eine heiratsbedürftige Tochter unter den Klägen Mozarts zu Markte führt, und wie alle diese Figuren heißen mögen. Ohne Zweifel muß es solche Menschen geben, sonst kehrten ihre Bilder nicht so häufig bei den Schriftstellern wieder.

Mir aber sind sie trotzdem stets unglaublich erschienen und unbegreiflich geblieben. Daß man in ein Konzert gehen kann wie in eine Gesellschaft oder zu einem offiziellen Anlaß: gleichmütig und stumpf oder berechnend mit eigennützigen Absichten oder eitel und protzenhaft, das kann ich begreifen, das ist menschlich und belächelnswert. Ich selber bin, da ich die Musiktage ja nicht selber ansetzen kann, schon manchmal ohne gute und andächtige Stimmung ins Konzert gegangen, müde oder verärgert oder krank oder voll Sorgen.

Aber daß Menschen eine Symphonie von Beethoven, eine Serenade von Mozart, eine Kantate von Bach, wenn erst der Taktstock tanzt und die Tönewellen fluten, mit Gleichmut anhören können, unverändert in der Seele, ohne Ergriffenheit und Aufschwung, ohne Schrecken und Scham oder Trauer, ohne Weh oder Freudenschauer – das ist mir nie verständlich geworden. Man kann schwerlich vom technischen Apparat viel weniger verstehen als ich – kaum daß ich Noten lesen kann! – aber daß es in den Werken der großen Musiker, wenn überhaupt irgendwo in der Kunst, sich um höchstgesteigertes Menschenleben handelt, um das Ernsteste und Wichtigste für mich und dich und jedermann, das müßte doch auch der ärmste Laie noch fühlen können! Das ist ja das Geheimnis der Musik, daß sie nur unsere Seele fordert, die aber ganz. Sie fordert nicht Intelligenz und Bildung, sie stellt über alle Wissenschaften und Sprachen hinweg in vieldeutigen, aber im letzten Sinne immer selbstverständlichen Gestaltungen stets nur die Seele des Menschen dar. Je größer der Meister, desto unbeschränkter die Gültigkeit und Tiefe seines Schauens und Erlebens. Und wieder: je vollkommener die rein musikalische Form, desto unmittelbarer die süße Wirkung auf unsere Seele. Mag ein Meister nichts anderes erstreben als den stärksten und schärfsten Ausdruck für seine eigenen seelischen Zustände oder mag er sehnsüchtig von sich selber weg einem Traume reiner Schönheit nachgehen, beidemal wird sein Werk ohne weiteres verständlich und unmittelbar wirken. Das Technische kommt erst viel später. Ob Beethoven in irgendeinem Stück die Geigernoten nicht sehr handgerecht gesetzt hat, ob Berlioz irgendwo mit einem Horneinsatz etwas ungewöhnlich Kühnes wagt, ob die mächtige Wirkung dieser und jener Stelle auf einem Orgelpunkt beruht oder nur klanglich auf einer Dämpfung der Celli oder auf was immer, das zu wissen ist schön und nützlich, aber es ist für den Genuß einer Musik entbehrlich.

Und ich glaube sogar, gelegentlich urteilt ein Laie über Musik richtiger und reiner als mancher Musiker. Es gibt nicht wenige Stücke, die am Laien als ein angenehmes, doch unwichtiges Spiel ohne großen Eindruck vorüberrauschen, während ihre technische Könnerschaft den Eingeweihten hoch entzückt. So schätzen auch wir Literaten manches Werk der Dichtung, das für Naive gar keine Zauber hat. Aber es ist mir kein großes Werk eines echten Meisters bekannt, das seine Wirkung nur auf Sachverständige übte. Und weiter sind wir Laien so glücklich, ein schönes Werk auch in teilweise mangelhafter Aufführung noch tief genießen zu können. Wir erheben uns mit feuchten Augen und fühlen uns in allen Gründen der Seele geschüttelt, ermahnt, angeklagt, gereinigt, versöhnt, während der Fachmann über eine Tempoauffassung streitet oder wegen eines unpräzisen Einsatzes alle Freude verloren hat.

Gewiß hat dafür der Kenner auch Genüsse, vor denen wir Unkundigen versagen. Indessen gerade die seltenen, klanglich einzigen Höchstleistungen: den Zusammenklang eines Streichquartetts von lauter alten, sehr köstlichen Instrumenten, den süßen Reiz eines seltenen Tenors, die warme Fülle einer außerordentlichen Altstimme, dies alles empfindet ein zartes Ohr, von allem Wissen unabhängig, ganz elementar. Das mitzufühlen ist Sache der sinnlichen Sensibilität, nicht der Bildung, obwohl natürlich auch das sinnliche Genießen geschult werden kann. Und ähnlich ist es mit den Leistungen der Dirigenten. Bei Werken von hohem Wert wird gar nie die technische Meisterschaft des Kapellmeisters allein den Rang seiner Leistung bestimmen, sondern weit mehr seine menschliche

Feinfühligkeit, sein seelischer Umfang, sein persönlicher Ernst.
Was wäre unser Leben ohne Musik! Es brauchen ja gar nicht Konzerte zu sein. Es genügt in tausend Fällen ein Tippen am Klavier, ein dankbares Pfeifen, Singen oder Summen oder auch nur das stumme Sicherinnern an unvergeßliche Takte. Wenn man mir, oder jedem halbwegs Musikalischen, etwa die Choräle Bachs, die Arien aus der Zauberflöte und dem Figaro wegnähme, verböte oder gewaltsam aus dem Gedächtnis risse, so wäre das für uns wie der Verlust eines Organes, wie der Verlust eines halben, eines ganzen Sinnes. Wie oft, wenn nichts mehr helfen will, wenn auch Himmelsblau und Sternennacht uns nimmer erfreuen und kein Buch eines Dichters mehr für uns vorhanden ist, wie oft erscheint da aus Schätzen der Erinnerung ein Lied von Schubert, ein Takt von Mozart, ein Klang aus einer Messe, einer Sonate – wir wissen nicht mehr, wo und wann wir sie gehört – und leuchtet hell und rüttelt uns auf und legt uns Liebeshände auf schmerzliche Wunden ... Ach, was wäre unser Leben ohne Musik!

Flötenspiel

Ein Haus bei Nacht durch Strauch und Baum
Ein Fenster leise schimmern liess,
Und dort im unsichtbaren Raum
Ein Flötenspieler stand und blies.

Es war ein Lied so altbekannt,
Es floss so gütig in die Nacht,
Als wäre Heimat jedes Land,
Als wäre jeder Weg vollbracht.

Es war der Welt geheimer Sinn
In seinem Atem offenbart,
Und willig gab das Herz sich hin,
Und alle Zeit ward Gegenwart.

Reiselust

Im vergangenen Jahre war ich sechs Monate auf Reisen, im vorhergehenden fünf Monate, und eigentlich ist das für einen Familienvater, Landmann und Gärtner ziemlich reichlich, und als ich neulich das letztemal heimkehrte, nachdem ich unterwegs in der Fremde krank geworden, operiert worden und eine gute Weile gelegen war, da schien es mir an der Zeit, nun für lange hinaus, wenn nicht für ewig, Frieden zu schließen und heimisch und häuslich zu werden. Allein kaum war die ärgste Abmagerung und Müdigkeit überwunden und ersetzt, kaum hatte ich mich wieder ein paar Wochen mit Büchern befaßt und Schreibpapier verbraucht, da schien eines Tages die Sonne wieder so unheimlich gelb und jung auf die alte Landstraße, und über den See lief ein schwarzer Nachen mit einem großen schneeweißen Segel, und ich bedachte die Kürze des Menschenlebens, und plötzlich war von allen Vorsätzen und Wünschen und Erkenntnissen nichts mehr da als eine unheilbare, tolle Reiselust.

Ach, die echte Reiselust ist nicht anders und nicht besser als jene gefährliche Lust, unerschrocken zu denken, sich die Welt auf den Kopf zu stellen und von allen Dingen, Menschen und Ereignissen Antworten haben zu wollen. Die wird nicht mit Plänen und nicht aus Büchern gestillt, die fordert mehr und kostet mehr, man muß schon Herz und Blut daran rücken.

Mir scheint, das Unterwegsein auf Reisen ersetzt unsereinem jene Betätigung des rein ästhetischen Triebes, der unseren Völkern beinahe völlig abhanden gekommen ist, den die Griechen und die Römer und die Italiener der großen Zeiten hatten und den man noch etwa in Japan findet, wo kluge und keineswegs kindische Menschen es verstehen, am Betrachten eines Holzschnitts, eines Baumes oder Felsens, eines Gartens, einer einzelnen Blume die Übung, Reife und Kennerschaft eines Sinnes zu genießen, der bei uns selten und schwach ausgebildet erscheint. Das reine Schauen, das von keinem Zwecksuchen und Wollen getrübte Beobachten, die in ich selbst begnügte Übung von Auge, Ohr, Nase, Tastsinn, das ist ein Paradies, nach dem die Feineren unter uns tiefes Heimweh haben, und beim Reisen ist es, wo wir dem am besten und reinsten nachzugehen vermögen. Die Konzentration, die der ästhetisch Geübte jederzeit sollte hervorrufen können, glückt uns Ärmeren wenigstens in diesen Tagen und Stunden der Losgebundenheit, wo keine Sorge, keine Post, kein Geschäft aus der Heimat und dem Alltag uns nachlaufen kann. In dieser Reisestimmung vermögen wir, was wir daheim selten vermögen, stille, zwecklose, dankbare Stunden vor ein paar herrlichen Bildern hinzubringen, hingerissen und offen den Wohlklang edler Bauwerke zu vernehmen, innig und genießerisch den Linien einer Landschaft nachzugehen. Da wird uns zum Bilde, was uns sonst nur im trüben Netz unseres Wollens, unsrer Beziehungen, unsrer Sorgen erscheint: das Leben der Gasse und des Marktes, das Spiel der Sonne und Schatten auf Wasser und Erde, die Form eines Baumes, Schrei und Bewegung eines Tieres, Gang und Betragen der Menschen. Und wer auf Reisen geht, ohne im Innern das zu suchen, der kommt leer zurück und hat höchstens seinen Bildungssack etwas belastet.

Allein hat dieser ästhetische Trieb zum reinen Sehen, zum selbstlosen Aufnehmen nicht doch eine höhere Beziehung? Ist er nur Sehnsucht nach dunklem Lustgefühl? Ist er nur rächende und mahnende Pein eines vernachlässigten Sinnes? Warum gibt mir dann doch der Anblick eines Mantegna mehr als der einer schönen Eidechse, warum ist mir eine Stunde in einer von Giotto ausgemalten Kapelle letzten Grundes doch mehr als eine, die ich am Meeresstrand verliege?

Nein, im Grunde ist es doch überall das Menschliche, was wir suchen und wonach uns dürstet. Ich genieße an einem schönen Berge nicht die zufällige Wirklichkeit, ich genieße mich selbst, ich genieße die Fähigkeit des Sehens, des Linienfühlens, ich laufe in einer schönen fremden Landschaft keineswegs der Kultur davon, sondern übe und liebe und genieße Kultur, indem ich meine Sinne und Gedanken an ihr übe. Darum kehre ich auch immer wieder dankbar und willig zu den Künsten zurück, darum gewährt mir ein kühner Bau, eine schön bemalte Wand, eine gute Musik, eine wertvolle Zeichnung schließlich doch mehr Genuß, mehr Befriedigung dunklen Suchens, als das Beobachten natürlicher Schönheiten. Ich glaube, das, worauf jener ästhetische Trieb hinausgeht, ist keineswegs ein Loskommen von uns selbst, sondern nur ein Loskommen von unseren schlechteren Instinkten und Gewohnheiten, und eine Bestätigung des Besten in uns, eine Bestätigung unseres heimlichen Glaubens an den Menschengeist. Denn wie ein wohliges Bad im Meere, ein frohes Ballspiel, eine tapfere

Schneewanderung mein leibliches Ich bestätigt, ihm in seinen besten Gelüsten und Ahnungen recht gibt und durch Wohlbefinden auf ein Verlangen antwortet, so antwortet beim reinen Schauen der große Schatz menschlicher Kultur, geistiger Leistung auf unseren fordernden Glauben an die Menschheit überhaupt. Was soll mir die Freude an Tizian, wenn seine Bilder mir nicht Ahnungen wahr machen, Triebe bestätigen, Ideale erfüllen?

So, scheint mir, reisen wir und schauen und erleben die Fremde, im tiefsten Grunde als Sucher nach dem Ideal des Menschentums. Darin bestätigt uns und bestärkt uns eine Figur von Michelangelo, eine Musik von Mozart, ein toskanischer Dom oder griechischer Tempel, und diese Bestätigung und Bestärkung unsres Verlangens nach einem Sinn, einer tiefen Einigkeit, einer Unsterblichkeit der menschlichen Kultur ist es, was wir auf Reisen besonders innig genießen, auch wenn wir nicht klar daran denken.

Reiselied

Sonne leuchte mir ins Herz hinein,
Wind verweh mir Sorgen und Beschwerden!
Tiefere Wonne weiß ich nicht auf Erden,
Als im Weiten unterwegs zu sein.

Nach der Ebne nehm ich meinen Lauf,
Sonne soll mich sengen, Meer mich kühlen;
Unsrer Erde Leben mitzufühlen
Tu ich alle Sinne festlich auf.

Und so soll mir jeder neue Tag
Neue Freunde, neue Brüder weisen,
Bis ich leidlos alle Kräfte preisen,
Aller Sterne Gast und Freund sein mag.

»Heimat in sich haben«

Wie der Tag zwischen Morgen und Abend, so vergeht zwischen Reisetrieb und Heimatwunsch mein Leben. Vielleicht werde ich einmal so weit sein, daß Reise und Ferne mir in der Seele gehören, daß ich ihre Bilder in mir habe, ohne sie mehr verwirklichen zu müssen. Vielleicht auch komme ich noch einmal dahin, daß ich Heimat in mir habe, und dann gibt es kein Liebäugeln mit Gärten und roten Häuschen mehr. – Heimat in sich haben! Wie wäre da das Leben anders! Es hätte eine Mitte, und von der Mitte aus schwängen alle Kräfte.
So aber hat mein Leben keine Mitte, sondern schwebt zuckend zwischen vielen Reihen von Polen und Gegenpolen. Sehnsucht nach Daheimsein hier, Sehnsucht nach Unterwegssein dort. Verlangen nach Einsamkeit und Kloster hier, und Drang nach Liebe und Gemeinschaft dort! Ich habe Bücher und Bilder gesammelt, und habe sie wieder weggegeben. Ich habe Üppigkeit und Laster gepflegt, und bin davon weg zu Askese und Kasteiung gegangen. Ich habe das Leben gläubig als Substanz verehrt, und kam dazu, es nur noch als Funktion erkennen und lieben zu können.
Aber es ist nicht meine Sache, mich anders zu machen. Das ist Sache des Wunders. Wer das Wunder sucht, wer es herbeiziehen, wer ihm helfen will, den flieht es

nur. Meine Sache ist, zwischen vielen gespannten Gegensätzen zu schweben und bereit zu sein, wenn das Wunder mich ereilt. Meine Sache ist, unzufrieden zu sein und Unrast zu leiden.

Rotes Haus im Grünen! Ich habe dich schon erlebt, ich darf dich nicht nochmals erleben wollen. Ich habe schon einmal Heimat gehabt, habe ein Haus gebaut, habe Wand und Dach gemessen, Wege im Garten gezogen und eigene Wände mit eigenen Bildern behängt. Jeder Mensch hat dazu einen Trieb – wohl mir, daß ich ihm einmal nachleben konnte! Viele meiner Wünsche haben sich im Leben erfüllt. Ich wollte ein Dichter sein, und wurde ein Dichter. Ich wollte ein Haus haben, und baute mir eins. Ich wollte Frau und Kinder haben, und hatte sie. Ich wollte zu Menschen sprechen und auf sie wirken, und ich tat es. Und jede Erfüllung wurde schnell zur Sättigung. Sattsein aber war das, was ich nicht ertragen konnte. Verdächtig wurde mir das Dichten. Eng wurde mir das Haus. Kein erreichtes Ziel war ein Ziel, jeder Weg war ein Umweg, jede Rast gebar neue Sehnsucht.

Viele Umwege werde ich noch gehen, viele Erfüllungen noch werden mich enttäuschen. Alles wird seinen Sinn einst zeigen.

Dort, wo die Gegensätze erlöschen, ist Nirwana. Mir brennen sie noch hell, geliebte Sterne der Sehnsucht.

Bäume

Bäume sind für mich immer die eindringlichsten Prediger gewesen. Ich verehre sie, wenn sie in Völkern und Familien leben, in Wäldern und Hainen. Und noch mehr verehre ich sie, wenn sie einzeln stehen. Sie sind wie Einsame. Nicht wie Einsiedler, welche aus irgendeiner Schwäche sich davongestohlen haben, sondern wie große, vereinsamte Menschen, wie Beethoven und Nietzsche. In ihren Wipfeln rauscht die Welt, ihre Wurzeln ruhen im Unendlichen; allein sie verlieren sich nicht darin, sondern erstreben mit aller Kraft ihres Lebens nur das Eine: ihr eigenes, in ihnen wohnendes Gesetz zu erfüllen, ihre eigene Gestalt auszubauen, sich selbst darzustellen. Nichts ist heiliger, nichts ist vorbildlicher als ein schöner, starker Baum. Wenn ein Baum umgesägt worden ist und seine nackte Todeswunde der Sonne zeigt, dann kann man auf der lichten Scheibe seines Stumpfes und Grabmals seine ganze Geschichte lesen: in den Jahresringen und Verwachsungen steht aller Kampf, alles Leid, alle Krankheit, alles Glück und Gedeihen treu geschrieben, schmale Jahre und üppige Jahre, überstandene Angriffe, überdauerte Stürme. Und jeder Bauernjunge weiß, daß das härteste und edelste Holz die engsten Ringe hat, daß hoch auf Bergen und in immerwährender Gefahr die unzerstörbarsten, kraftvollsten, vorbildlichsten Stämme wachsen.

Bäume sind Heiligtümer. Wer mit ihnen zu sprechen, wer ihnen zuzuhören weiß, der erfährt die Wahrheit. Sie predigen nicht Lehren und Rezepte, sie predigen, um das Einzelne unbekümmert, das Urgesetz des Lebens.

Ein Baum spricht: In mir ist ein Kern, ein Funke, ein Gedanke verborgen, ich bin Leben vom ewigen Leben. Einmalig ist der Versuch und Wurf, den die ewige Mutter mit mir gewagt hat, einmalig ist meine Gestalt und das Geäder meiner Haut, einmalig das kleinste Blätterspiel meines Wipfels und die kleinste Narbe meiner Rinde. Mein Amt ist, im ausgeprägten Einmaligen das Ewige zu gestalten und zu zeigen.

Ein Baum spricht: Meine Kraft ist das Vertrauen. Ich weiß nichts von meinen Vätern, ich weiß nichts von den tausend Kindern, die in jedem Jahr aus mir entstehen. Ich lebe das Geheimnis meines Samens zu Ende, nichts andres ist meine Sorge. Ich vertraue, daß Gott in mir ist. Ich vertraue, daß meine Aufgabe heilig ist. Aus diesem Vertrauen lebe ich.

Wenn wir traurig sind und das Leben nicht mehr gut ertragen können, dann kann ein Baum zu uns sprechen: Sei still! Sei still! Sieh mich an! Leben ist nicht leicht, Leben ist nicht schwer. Das sind Kindergedanken. Laß Gott in dir reden, so schweigen sie. Du bangst, weil dich dein Weg von der Mutter und Heimat wegführt. Aber jeder Schritt und Tag führt dich neu der Mutter entgegen. Heimat ist nicht da oder dort. Heimat ist in dir innen, oder nirgends.

Wandersehnsucht reißt mir am Herzen, wenn ich Bäume höre, die abends im Wind rauschen. Hört man still und lange zu, so zeigt auch die Wandersehnsucht ihren Kern und Sinn. Sie ist nicht Fortlaufenwollen vor dem Leide, wie es schien. Sie ist Sehnsucht nach Heimat, nach Gedächtnis der Mutter, nach neuen Gleichnissen des Lebens. Sie führt nach Hause. Jeder

Weg führt nach Hause, jeder Schritt ist Geburt, jeder Schritt ist Tod, jedes Grab ist Mutter.
So rauscht der Baum im Abend, wenn wir Angst vor unsern eigenen Kindergedanken haben. Bäume haben lange Gedanken, langatmige und ruhige, wie sie ein längeres Leben haben als wir. Sie sind weiser als wir, solange wir nicht auf sie hören. Aber wenn wir gelernt haben, die Bäume anzuhören, dann gewinnt gerade die Kürze und Schnelligkeit und Kinderhast unserer Gedanken eine Freudigkeit ohnegleichen. Wer gelernt hat, Bäumen zuzuhören, begehrt nicht mehr, ein Baum zu sein. Er begehrt nichts zu sein, als was er ist. Das ist Heimat. Das ist Glück.

Über die Alpen

Das ist ein Wandern, wenn der Schnee
Der Alpenberge kühl erglänzt,
Indes der erste blaue See
Italiens schon die Sicht begrenzt!

Durch Höhenwind und herbe Luft
Weht eine süße Ahnung her
Von violettem Ferneduft
Und südlich übersonntem Meer.

Und weiter sehnt das Auge sich
Zum hellen Florentiner Dom
Und träumt nach jedem Hügelstrich
Aufsteigend das beglänzte Rom.

Schon formt die Lippe unbewußt
Der fremden schönen Sprache Laut,
Indes ein Meer verklärter Lust
Dir schauernd warm entgegenblaut.

Bauernhaus

Bei diesem Hause nehme ich Abschied. Lange werde ich kein solches Haus mehr zu sehen bekommen. Denn ich nähere mich dem Alpenpaß, und hier nimmt die nördliche, deutsche Bauart ein Ende, samt deutscher Landschaft und deutscher Sprache.
Wie schön ist es, solche Grenzen zu überschreiten! Der Wanderer ist in vielen Hinsichten ein primitiver Mensch, so wie der Nomade primitiver ist als der Bauer. Die Überwindung der Seßhaftigkeit aber und die Verachtung der Grenzen machen Leute meines Schlages trotzdem zu Wegweisern in die Zukunft. Wenn es viele Menschen gäbe, in denen eine so tiefe Verachtung für Landesgrenzen lebte wie in mir, dann gäbe es keine Kriege und Blockaden mehr. Es gibt nichts Gehässigeres als Grenzen, nichts Stupideres als Grenzen. Sie sind wie Kanonen, wie Generale: solange Vernunft, Menschlichkeit und Friede herrscht, spürt man nichts von ihnen und lächelt über sie – sobald aber Krieg und Wahnsinn ausbricht, werden sie wichtig und heilig. Wie sind sie uns Wanderern in den Kriegsjahren zur Pein und zum Kerker geworden! Der Teufel hole sie!
Ich zeichne das Haus in mein Notizbuch, und mein Auge nimmt von deutschem Dach, deutschem Gebälk und Giebel, von mancher Traulichkeit und Heimat-

lichkeit Abschied. Noch einmal liebe ich all dies Heimatliche mit verstärkter Innigkeit, weil es zum Abschied ist. Morgen werde ich andere Dächer, andere Hütten lieben. Ich werde nicht, wie es in Liebesbriefen heißt, mein Herz hier zurücklassen. O nein, ich werde mein Herz mitnehmen, ich brauche es auch drüben über den Bergen, zu jeder Stunde. Denn ich bin ein Nomade, kein Bauer. Ich bin ein Verehrer der Untreue, des Wechsels, der Phantasie. Ich halte nichts davon, meine Liebe an irgendeinen Fleck der Erde festzunageln. Ich halte das, was wir lieben, immer nur für ein Gleichnis. Wo unsere Liebe hängenbleibt und zur Treue und Tugend wird, da wird sie mir verdächtig.

Wohl dem Bauern! Wohl dem Besitzenden und Seßhaften, dem Treuen, dem Tugendhaften! Ich kann ihn lieben, ich kann ihn verehren, ich kann ihn beneiden. Aber ich habe mein halbes Leben daran verloren, seine Tugend nachahmen zu wollen. Ich wollte sein, was ich nicht war. Ich wollte zwar ein Dichter sein, aber daneben doch auch ein Bürger. Ich wollte ein Künstler und Phantasiemensch sein, dabei aber auch Tugend haben und Heimat genießen. Lange hat es gedauert, bis ich wußte, daß man nicht beides sein und haben kann, daß ich Nomade bin und nicht Bauer, Sucher und nicht Bewahrer. Lange habe ich mich vor Göttern und Gesetzen kasteit, die doch für mich nur Götzen waren. Dies war mein Irrtum, meine Qual, meine Mitschuld am Elend der Welt. Ich vermehrte Schuld und Qual der Welt, indem ich mir selbst Gewalt antat, indem ich den Weg der Erlösung nicht zu gehen wagte. Der Weg der Erlösung führt nicht nach links und nicht nach rechts, er führt ins eigene Herz, und dort allein ist Gott, und dort allein ist Friede.

Von den Bergen weht ein feuchter Fallwind mir vorüber, jenseits blicken blaue Himmelsinseln auf andere Länder nieder. Unter jenen Himmeln werde ich oftmals glücklich sein, oft auch Heimweh haben. Der vollkommene Mensch meiner Art, der reine Wanderer, müßte das Heimweh nicht kennen. Ich kenne es, ich bin nicht vollkommen, und ich strebe auch nicht es zu sein. Ich will mein Heimweh kosten, wie ich meine Freuden koste.

Dieser Wind, dem ich entgegensteige, duftet wunderbar nach Jenseits und Ferne, nach Wasserscheide und Sprachgrenze, nach Gebirge und Süden. Er ist voll Versprechung.

Lebe wohl, kleines Bauernhaus und heimatliche Landschaft! Von dir nehme ich Abschied wie ein Jüngling von der Mutter: er weiß, es ist Zeit für ihn, von der Mutter fort zu gehen, und er weiß auch, daß er sie niemals ganz und gar verlassen kann, ob er auch wollte.

Andacht

Was Menschen wollen,
Das führt zu Blut und Schuld und Schlachtenrollen.
Wer dich, Natur, erst fand,
Dem wird zur heiligen Heimat jedes Land
Und jeder Mensch verwandt.

Wind weht und Wasser fällt
In aller Welt,
Und blaue Luft und Meerkristall
Ist überall.
Goldwolke zart am Horizont
Und sanfter Mond,
Tierschrei im Wald, gedehntes Seegestade,
Vogelgezirp, Berg, Birken, Felsenpfade –
Das ist mein Schatz, ist meines Herzens Gut,
Mein Seelentrost, in dem sich's sicher ruht.

Miß keine Schuld an andrer Schuld!
Miß dich und deinen Schritt
An der Natur unendlicher Geduld;
Sie trägt dich mit.
Bei ihr sei du zu Haus,
Und Abend trifft und Morgen
Dich fährdelos geborgen
Im Vaterhaus.

Die Zeit vergeht, und die Weisheit bleibt. Sie wechselt ihre Formen und Riten, aber sie beruht zu allen Zeiten auf demselben Fundament: auf der Einordnung des Menschen in die Natur, in den kosmischen Rhythmus. Mögen unruhige Zeiten immer wieder die Emanzipierung des Menschen von diesen Ordnungen anstreben, stets führt diese Scheinbefreiung zur Sklaverei, wie ja auch der heutige, sehr emanzipierte Mensch ein willenloser Sklave des Geldes und der Maschine ist.

Gang im Frühling

Jetzt stehen wieder die kleinen klaren Tränen an den harzigen Blattknospen, und erste Pfauenaugen tun im Sonnenlicht ihr edles Samtkleid auf und zu, die Knaben spielen mit Kreiseln und Steinkugeln. Die Karwoche ist da, voll und übervoll von Klängen und beladen mit Erinnerungen, an grelle Ostereierfarben, an Jesus im Garten Gethsemane, an Jesus auf Golgatha, an die Matthäuspassion, an frühe Begeisterungen, erste Verliebtheiten, erste Jünglingsmelancholien. Anemonen nicken im Moos, Butterblumen glänzen fett am Rand der Wiesenbäche.

Einsamer Wanderer, unterscheide ich nicht zwischen den Trieben und Zwängen meines Innern und dem Konzert des Wachstums, das mich mit tausend Stimmen von außen umgibt. Ich komme aus der Stadt, ich bin nach sehr langer Zeit wieder einmal unter Menschen gewesen, in einer Eisenbahn gesessen, habe Bilder und Plastiken gesehen, habe wunderbare neue Lieder von Othmar Schoeck gehört. Jetzt weht der frohe leichte Wind mir übers Gesicht, wie er über die nickenden Anemonen weht, und indem er Schwärme von Erinnerungen in mir aufweht wie Staubwirbel, klingt mir Mahnung an Schmerz und Vergänglichkeit aus dem Blut ins Bewußtsein. Stein am Weg, du bist stärker als ich! Baum in der Wiese, du wirst mich überdauern, und vielleicht sogar du, kleiner Himbeerstrauch, und vielleicht sogar die rosig behauchte Anemone.

Einen Atemzug lang spüre ich, tiefer als je, die Flüchtigkeit meiner Form und fühle mich hinübergezogen zur Verwandlung, zum Stein, zur Erde, zum Himbeerstrauch, zur Baumwurzel. An die Zeichen des Vergehens klammert sich mein Durst, an Erde und Wasser und verwelktes Laub. Morgen, übermorgen, bald, bald bin ich du, bin ich Laub, bin ich Erde, bin ich Wurzel, schreibe nicht mehr Worte auf Papier, rieche nicht mehr am prächtigen Goldlack, trage nicht mehr die Rechnung des Zahnarztes in der Tasche, werde nicht mehr von gefährlichen Beamten um den Heimatschein gequält, schwimme Wolke im Blau, fließe Welle im Bach, knospe Blatt am Strauch, bin in Vergessen, bin in tausendmal ersehnte Wandlung getaucht.

Zehnmal und hundertmal noch wirst du mich wieder einfangen, bezaubern und einkerkern, Welt der Worte, Welt der Meinungen, Welt der Menschen, Welt der gesteigerten Lust und der fiebernden Angst. Tausendmal wirst du mich entzücken und erschrekken, mit Liedern am Flügel gesungen, mit Zeitungen, mit Telegrammen, mit Todesnachrichten, mit Anmeldeformularen und all deinem tollen Kram, du Welt voll Lust und Angst, holde Oper voll melodischem Unsinns! Aber niemals mehr, gebe es Gott, wirst du mir ganz verloren gehen, Andacht der Vergänglichkeit, Passionsmusik der Wandlung, Bereitschaft zum Sterben, Wille zur Wiedergeburt. Immer wird Ostern wiederkehren, immer wieder wird Lust zu Angst, Angst zu Erlösung werden, wird ohne Trauer mich das Lied der Vergänglichkeit auf meinen Wegen begleiten, voll Ja, voll Bereitschaft, voll Hoffnung.

Frühlingstag

Wind im Gesträuch und Vogelpfiff
Und hoch im höchsten süßen Blau
Ein stilles, stolzes Wolkenschiff ...
Ich träume von einer blonden Frau,
Ich träume von meiner Jugendzeit,
Der hohe Himmel blau und weit
Ist meiner Sehnsucht Wiege,
Darin ich stillgesinnt
Und selig warm
Mit leisem Summen liege,
So wie in seiner Mutter Arm
Ein Kind.

Schmetterlinge

Die Schmetterlinge sind gleich den Blumen für viele Menschen ein sehr bevorzugtes Stückchen Schöpfung, ein besonders geschätztes und wirksames Objekt des Erstaunens, ein besonders lieblicher Anlaß zum Erlebnis, zum Ahnen des großen Wunders, zur Verehrung des Lebens. Sie scheinen, gleich den Blumen, recht eigens als Zierde, als Schmuck und Juwel, als kleine funkelnde Kunstwerke und Loblieder von höchst freundlichen, anmutigen und witzigen Genien erfunden und mit zärtlicher Schöpferwollust ausgedacht worden zu sein. Man muß schon blind oder aber sehr verhärtet sein, um beim Anblick der Schmetterlinge nicht eine Freude, einen Rest von Kinderentzücken, einen Hauch des Goetheschen Erstaunens zu empfinden. Und das hat gewiß gute Gründe. Denn der Schmetterling ist ja etwas Besonderes, er ist ja nicht ein Tier wie alle anderen, er ist eigentlich überhaupt nicht ein Tier, sondern bloß der letzte, höchste, festlichste und zugleich lebenswichtigste Zustand eines Tieres. Er ist die festliche, die hochzeitliche, zugleich schöpferische und sterbensbereite Form jenes Tieres, das vorher schlafende Puppe, und vor der Puppe gefräßige Raupe war. Der Schmetterling lebt nicht, um zu fressen und alt zu werden, er lebt einzig, um zu lieben und zu zeugen, dazu ist er mit einem unerhört prachtvollen Kleide angetan, mit Flügeln, die viele Male größer sind als der Leib, und die in Schnitt und Farben, in Schuppen und Flaum, in einer höchst mannigfaltigen und raffinierten Sprache das Geheimnis seines Daseins ausdrücken, nur um es intensiver zu leben, um das andere Geschlecht zauberischer und verführerischer zu locken, das Fest der Fortpflanzung strahlender zu begehen. Diese Bedeutung des Schmetterlings und seiner Prächtigkeit ist zu allen Zeiten von allen Völkern empfunden worden, er ist eine einfache und eindeutige Offenbarung. Und weiter wurde er, weil er ein festlicher Liebender und ein strahlend Verwandelter ist, Sinnbild zugleich der Kurzlebigkeit wie der ewigen Fortdauer, wurde den Menschen schon in früher Zeit zum Gleichnis und Wappentier der Seele.

Nebenbei sei festgestellt: das Wort »Schmetterling« ist weder sehr alt noch ist es in vielen deutschen Mundarten gemeinsam gewesen. Man hat dieses merkwürdige Wort, das etwas höchst Lebendiges und Energisches und daneben auch etwas Rohes, ja Unpassendes hat, früher nur in Sachsen und vielleicht in

Thüringen gekannt und gebraucht, es ist erst im 18. Jahrhundert in die Schriftsprache eingegangen und allgemein geworden. Süddeutschland und Schweiz haben es vorher nicht gekannt, hier war der älteste und schönste Name für den Schmetterling: Fifalter (auch Zwiespalter), aber weil die Sprache der Menschen ebenso wie die Sprache und Schrift auf den Falterflügeln nicht ein Werk des Verstandes und der Berechnung, sondern der schaffenden und dichtenden Spielkräfte ist, hat sich die Sprache hier wie bei allen Dingen, die das Volk liebt, nicht mit einem Namen begnügt, sondern ihm mehrere, ja viele gegeben. In der Schweiz wird noch heute der Schmetterling meistens entweder Fifalter oder Vogel (Tagvogel, Nachtvogel) oder Sommervogel genannt.

Wenn schon das ganze Geschlecht der Falter so mannigfache Namen trug (es gibt auch die Namen Butterfliege, Molkendieb und eine Reihe anderer), so kann man sich denken, wie viele, nach den Landschaften und Mundarten wechselnde Namen es erst für die einzelnen Arten der Schmetterlinge gibt – oder bald wird man sagen müssen: gab, denn gleich den einheimischen Blumennamen sterben sie langsam aus, und wären unter den Knaben nicht immer wieder Freunde und Sammler der Falter, so würden diese zum großen Teil wundervollen Namen allmählich ebenso verschwinden wie in vielen Gegenden der Reichtum an Schmetterlingsarten seit der Industrialisierung und seit der Rationalisierung der Landwirtschaft ausgestorben und verschwunden sind.

Und zugunsten der Schmetterlingssammler, der Buben wie der Alten, sei noch ein Weiteres gesagt. Daß die Sammler Falter töten, sie auf Nadeln spießen und präparieren, um sie möglichst schön und möglichst haltbar aufbewahren zu können, das wird seit der Zeit J. J. Rousseaus häufig mit sentimentaler Gebärde als rohe Grausamkeit bezeichnet, und die Literatur zwischen 1750 und 1850 kennt außerdem als komische Pedantenfigur den Mann, der die Falter nur tot und auf Nadeln gespießt genießen und bewundern kann. Das war schon damals zum Teil Unsinn und ist es heute beinahe ganz. Natürlich gibt es, bei den Buben wie bei den Großen, jene Art von Sammlern, welche niemals soweit kommen, die Falter am liebsten in Ruhe zu lassen und sie lebendig in ihrer Freiheit zu belauschen. Aber selbst noch die roheren unter den Faltersammlern tragen dazu bei, daß man die Falter nicht vergißt, daß sich da und dort in manchem Bezirk ihre alten, wunderbaren Namen erhalten, und sie tragen je und je auch dazu bei, daß die lieben Schmetterlinge überhaupt noch bei uns vorhanden sind. Denn so wie die Freude an der Jagd im Ende überall dahin führt, daß man nicht bloß das Jagen, sondern nicht minder das Hegen lernen und üben muß, so haben die Falterjäger natürlich als erste erkannt, wie mit dem Ausrotten mancher Pflanzenarten (z. B. der Brennessel) und mit anderen gewaltsamen Eingriffen in den Naturhaushalt einer Gegend der Bestand an Faltern rasch ärmer wird und verkommt. Und zwar nicht so, daß es dann etwa weniger Kohlweißlinge und andere Feinde der Bauern und Gärtner gäbe, sondern es sind die edleren, selteneren und schönsten Arten, die unterliegen und verschwinden, wenn irgendwo in einer Landschaft die Menschen zu heftig ins Organisieren geraten. Der rechte Falterfreund behandelt nicht nur Raupe, Puppe und

Eier mit Schonung, er tut auch, was er kann, um in seinem Umkreis möglichst vielerlei Faltern das Leben zu ermöglichen. Ich habe selber, obwohl ich seit vielen Jahren kein Sammler mehr bin, schon gelegentlich Brennesseln gepflanzt.

Jeder Knabe, der eine Schmetterlingssammlung hat, hat auch schon von den viel größeren, viel bunteren, viel prachtvolleren Faltern reden hören, die es in den heißen Ländern, in Indien, in Brasilien, auf Madagaskar gibt. Mancher hat auch solche zu Gesicht bekommen, im Museum oder bei Liebhabern, denn heute kann man solche exotischen Falter, unter Glas auf Watte präpariert (und oft sehr schön präpariert), auch kaufen, und wer sie nicht selber gesehen hat, dem sind doch Abbildungen unter die Augen gekommen. Ich weiß noch, wie sehr ich als junger Mensch mir wünschte, einmal einen gewissen Schmetterling zu sehen, der nach Angabe der Bücher im Monat Mai in Andalusien fliegen soll. Und als ich da und dort bei Freunden und in Museen manche von den großen Prachtfaltern aus den Tropen zu sehen bekam, habe ich jedesmal etwas von dem unsäglichen Entzücken der Kindheit wieder in mir zucken fühlen, etwas von dem atemberaubenden Entzücken, das ich z. B. als Knabe beim ersten Anblick des Falters Apollo empfunden hatte. Und zugleich mit diesem Entzücken, das auch Wehmut enthält, tat ich beim Anblick solcher Wunderfalter oft auch mitten aus meinem gar nicht immer dichterischen Leben jenen Schritt in das Goethesche Erstaunen hinein und erlebte einen Augenblick der Bezauberung, der Andacht und Frömmigkeit.

Und später geschah mir sogar das nie für möglich

Gehaltene, daß ich selber über die großen Meere fahren, an heißen fremden Küsten aussteigen, auf großen krokodilbevölkerten Flüssen durch tropische Wälder fahren und tropische Falter lebendig in ihrer Heimat betrachten sollte. Viele Knabenträume erfüllten sich mir da, und es sind manche von ihnen mit der Erfüllung schal geworden. Aber der Falterzauber versagte nicht; dieses Türchen zum Unaussprechlichen, dieser holde und mühelose Weg ins »Erstaunen« hat mich selten im Stich gelassen.

In Penang habe ich zum erstenmal lebendige Tropenfalter fliegen sehen, in Kuala Lumpur habe ich zum erstenmal einige von ihnen gefangen, und auf Sumatra lebte ich eine schöne kurze Zeit am Batang Hari, hörte nachts die wilden Gewitter in den Dschungel krachen und sah am Tage in den Waldlichtungen die fremden Falter schweben, mit ihrem unerhörten Grün und Gold, ihren Edelsteinfarben. Keiner von ihnen ist, wenn ich ihn präpariert auf der Nadel oder unter Glas wiedersah, mehr ganz so erregend herrlich, so märchenhaft gewesen, wie er draußen gewesen war, zwischen den schweifenden Schatten und Lichtern, wo er noch lebte, wo die Farben der Flügel noch von innen her belebt waren, wo zur Farbe noch die Bewegung kam, der oft so ausdrucksvolle, oft so geheimnisvolle Flug, und wo das Wunder nicht so platt meiner Neugierde preisgegeben war, sondern jägerhaft im Moment erspäht und erlebt werden mußte.

Immerhin ist es erstaunlich, wie gut man Schmetterlinge erhalten kann. Die meisten farbigen Lebewesen, Tiere wie Pflanzen, verlieren auch beim besten Präparieren im Tode das Schönste. Man betrachte einmal, wenn einem das Beispiel von Blumen nicht genügt, etwa das Gefieder eines Vogels, den ein Jäger soeben geschossen hat, und betrachte denselben Vogel einen halben Tag später: Noch immer ist das Blau, das Gelb, das Grün oder Rot vorhanden, aber es ist ein feindlicher Hauch darübergegangen, es fehlt etwas, es schimmert noch, aber strahlt nicht mehr, es ist etwas erloschen und dahin, das nicht wiederkommt. Bei den Faltern und manchen Käfern ist der Unterschied viel geringer, sie lassen sich in ihrer Farbenpracht auch im Tode sehr viel besser erhalten als irgendwelche andere Tiere. Man kann sie sogar sehr lang aufbewahren, Jahrzehnte lang; nur müssen sie außer vor Insekten auch vor Licht und namentlich vor Sonnenlicht geschützt werden.

Auch die malaiischen Völker, in deren Ländern ich damals reiste, hatten ihre Namen für die Schmetterlinge, verschiedene und lauter schöne Namen. Und der Sammelname »Schmetterling« enthielt in seinem Klang jedesmal die lebendige Erinnerung an das zweigeteilte Flügelwesen, wie sie im alten deutschen Wort »Zwiespalter«, in »Fifalter«, im italienischen farfalla usw. überall klingt. Meistens nannten die Malaien den Schmetterling entweder kupu kupu oder lapa lapa – beide Namen klingen wie flatternder Flügelschlag. Dies »lapa lapa« ist etwas ebenso lebendig Schönes, etwas ebenso Ausdrucksvolles und unbewußt Schöpferisches wie das Auge auf dem Flügel eines Pfauenauges oder der auf die rußige Flügel-Rückseite eines einheimischen Falters mit weißer Farbe geschriebene Buchstabe C.

Leben einer Blume

Aus grünem Blattkreis kinderhaft beklommen
Blickt sie um sich und wagt es kaum zu schauen,
Fühlt sich von Wogen Lichtes aufgenommen,
Spürt Tag und Sommer unbegreiflich blauen.

Es wirbt um sie das Licht, der Wind, der Falter,
Im ersten Lächeln öffnet sie dem Leben
Ihr banges Herz und lernt, sich hinzugeben
Der Träumefolge kurzer Lebensalter.

Jetzt lacht sie voll, und ihre Farben brennen,
An den Gefäßen schwillt der goldne Staub,
Sie lernt den Brand des schwülen Mittags kennen
Und neigt am Abend sich erschöpft ins Laub.

Es gleicht ihr Rand dem reifen Frauenmunde,
Um dessen Linien Altersahnung zittert;
Heiß blüht ihr Lachen auf, an dessen Grunde
Schon Sättigung und bittre Neige wittert.

Nun schrumpfen auch, nun fasern sich und hangen
Die Blättchen müde überm Samenschoße.
Die Farben bleichen geisterhaft: das große
Geheimnis hält die Sterbende umfangen.

Sommer

Es war vielleicht der üppigste Juni, den ich je erlebt habe, und es wäre bald Zeit, daß wieder so einer käme. Der kleine Blumengarten vor meines Vetters Haus an der Dorfstraße duftete und blühte ganz unbändig; die Georginen, die den schadhaften Zaun versteckten, standen dick und hoch und hatten feste runde Knospen angesetzt, aus deren Ritzen gelb und rot und lila die jungen Blütenblätter strebten. Der Goldlack brannte so überschwenglich honigbraun und duftete so ausgelassen und sehnlich, als wüßte er wohl, daß seine Zeit schon nahe war, da er verblühen und den dicht wuchernden Reseden Platz machen mußte. Still und brütend standen die steifen Balsaminen auf dicken, gläsernen Stengeln, schlank und träumerisch die Schwertlilien, fröhlich hellrot die verwildernden Rosenbüsche. Man sah kaum eine Handbreit Erde mehr, als sei der ganze Garten nur ein großer, bunter und fröhlicher Strauß, der aus einer zu schmalen Vase hervorquoll, an dessen Rändern die Kapuziner in den Rosen fast erstickten und in dessen Mitte der prahlerisch emporflammende Türkenbund mit seinen großen geilen Blüten sich frech und gewalttätig breitmachte ...

Seit zwei Wochen stand ein heißer, blauer Himmel über dem Land, am Morgen rein und lachend, am Nachmittag stets von niederen, langsam wachsenden gedrängten Wolkenballen umlagert. Nachts gingen nah und fern Gewitter nieder, aber jeden Morgen, wenn man – noch den Donner im Ohr – erwachte, glänzte die Höhe blau und sonnig herab und war schon wieder ganz von Licht und Hitze durchtränkt. Dann begann ich froh und ohne Hast meine Art von Sommerleben: kurze Gänge auf glühenden und durstig klaffenden Feldwegen durch warm atmende, hohe gilbende Ährenfelder, aus denen Mohn und Kornblumen, Wicken, Kornraden und Winden lachten, sodann lange, stundenlange Rasten im hohen Gras an Waldsäumen, über mir Käfergoldgeflimmer, Bienengesang, windstill ruhendes Gezweige im tiefen Himmel; gegen Abend alsdann ein wohlig träger Heimweg durch Sonnenstaub und rötliches Ackergold, durch eine Luft voll Reife und Müdigkeit und sehnsüchtigem Kuhgebrüll, und am Ende lange, laue Stunden bis Mitternacht, versessen unter Ahorn und Linde allein oder mit irgendeinem Bekannten bei gelbem Wein, ein zufriedenes, lässiges Plaudern in die warme Nacht hinein, bis fern irgendwo das Donnern begann und unter erschrocken aufrauschenden Windschauern erste, langsam und wollüstig aus den Lüften sinkende Tropfen schwer und weich und kaum hörbar in den Staub fielen ...

Es war mir so wohl wie noch nie. Still und langsam schlenderte ich in Feld und Wiesenland, durch Korn und Heu und hohen Schierling, lag regungslos und atmend wie eine Schlange in der schönen Wärme und genoß die brütend stillen Stunden.

Und dann diese Sommertöne! Diese Töne, bei denen einem wohl und traurig wird und die ich so lieb habe: das unendliche, bis über Mitternacht anhaltende Zikadenläuten, an das man sich völlig verlieren kann wie an den Anblick des Meeres – das satte Rauschen der wogenden Ähren – das beständig auf der Lauer liegende entfernte leise Donnern – abends das Mükkengeschwärme und das fernhin rufende, ergreifende Sensendengeln – nachts der schwellende, warme Wind und das leidenschaftliche Stürzen plötzlicher Regengüsse.

Und wie in diesen kurzen, stolzen Wochen alles inbrünstiger blüht und atmet, tiefer lebt und duftet, sehnlicher und inniger lodert! Wie der überreiche Lindenduft in weichen Schwaden ganze Täler füllt, und wie neben den müden, reifenden Kornähren die farbigen Ackerblumen gierig leben und sich brüsten, wie sie verdoppelt glühen und fiebern in der Hast der Augenblicke, bis ihnen viel zu früh die Sichel rauscht!

Sommerwanderung

Weites, goldenes Ährenmeer
Wogt im Wind auf reifen Stengeln.
Hufbeschlag und Sensendengeln
Klingen fern vom Dorfe her.

Warme, düfteschwere Zeit!
Zitternd in der Sonne Gluten
Wiegen sich die goldnen Fluten
Reif und schon zum Schnitt bereit.

Fremdling, der ich ohne Pfad
Suchend pilgere auf Erden,
Werd ich reif befunden werden,
Wenn auch mir der Schnitter naht?

Der Schnitter Tod

Es war plötzlich voller Sommer geworden. Die in den langen Regenwochen feist aufgewachsenen grünen Kornfelder begannen zu bleichen, der Mohn flackerte üppig rot auf jedem Felde. Die Landstraße glühte weiß und staubig, aus den dunkler gewordenen Wäldern tönte der Kuckucksruf müder, schwüler und eindringlicher, in den hohen Wiesen wiegten sich auf schwanken Stengeln die Margueriten und Esparsetten, Salbei und Skabiosen, alle schon in der üppigen Fülle und in dem fiebernd tollen Verschwendungsdrang der Todesnähe. Denn abends läutete schon da und dort in den Dörfern helltönig und unerbittlich mahnend das Sensendengeln.

An einem brennend warmen Nachmittag schlenderte ich langsam und fröhlich auf der Landstraße dem dunkel ragenden Wald entgegen, an den schwer duftenden Heuwiesen und leise silbern wehenden Ährenfeldern vorüber. Im ausgetrockneten Straßengraben spielten braune und grüngoldene Eidechsen, schönfarbige Laufkäfer mit großen, hohen Beinen und komisch scheuen, eckigen Bewegungen, dazwischen je und je eine glatte, lautlose Blindschleiche. Über den Wiesen zitterte die durchglühte Luft, an den Rändern des schwülblauen Himmels lagen kleine, dicht geknetete, silberweiße Turmwolken ruhig auf der Lauer, regungslos und in blendendem Glanze.

Als ich schon dem Waldrande nahe war, holte mich ein Bauer ein, der, mit der Sense über der Schulter, auf die Heumahd ging. Es war einer von meinen Nachbarn, ein froher, rüstiger Mensch, aufrecht und hellblond, mit dem ich auf Feldwegen oder feierabends drinnen im Dorfe häufig zu plaudern pflegte. Er trug den Strohhut zurückgeschoben auf dem dichten, kurzen Haar, im Munde hielt er einen langen Grashalm, an dem er kaute, und von seiner Stirne lief in kleinen, klaren Tropfen der Schweiß über das bräunliche Gesicht.

»Auch wieder spazieren?« fragte er mit gutmütig spöttischem Blick.

»Es macht warm heute«, gab ich zurück.

»Ja, besonders wenn man schaffen muß.«

Ich beneidete ihn um seinen braunen, breiten Nacken und um die sorglose Kraft, mit der er seine Sense auf der Schulter trug. Für mich war der heiße Gang im Staub eine Arbeit, von der ich im Walde auszuruhen gedachte; für ihn war er ein Spiel, dem die Arbeit erst folgen sollte.

»Nix Neues?« fragte ich.

»Doch, meine Schwarze hat zu Nacht gekalbt.«

»Gut gegangen?«

»Schon gut, aber leicht nicht. Wir sind die ganze Nacht im Stall gewesen und ich bin in kein Bett gekommen.«

»Na, wenn nur das Kalb gesund ist.«

»Da fehlts nicht, das ist schon wie es sein soll. Also adieu denn, wenn Sie gradaus wollen.«

»Ja, adieu, Herr Nachbar. Überschaffen Sie sich nicht.«

»Habs nicht im Sinn. Adieu denn.«

Ich sah ihm nach, wie er zwischen Acker und Wiese feldeinwärts schritt, schwer und zäh und doch mühelos, und wie das hohe Gras ihm um die Knie schlug und wie seine blanke Sense hoch in den Lüften blitzte.

Dann ging ich weiter und erreichte bald die feucht duftende, milde Waldkühle.
Vögel riefen im flimmernden Geäst, weiches Moos federte wohlig unter meinen Schritten, braunrote Schmetterlinge rasteten atmend auf hohen Blütenstengeln, und kleine, goldbraune Waldbienen flogen suchend in raschen, geraden Flügen durch die weiche, schattige Luft. An einem stillen Platze zu Füßen einer dicken Buche setzte ich mich zur Rast, schaute in das dämmernde, tausendfältige Waldleben, den Fliegen und Faltern nach, und trank die frische Schattenluft. Dann zog ich ein altes Büchlein aus der Tasche und las langsam blätternd in alten, volkstümlichen Liedern. Das Lesen im Freien ist ja schön und bei Sommerfrischlern und Luftschnappern sehr beliebt, und auch ich versuche es oft, aber ich fand immer wieder mit Verwunderung, daß die Bücher, die im Walde schöner zu lesen sind als in der Stube, überaus selten sind. Altmodische Liederbücher und Volksmärchen gehören zu diesen Seltenheiten, und die einfachen Verse, die beim Lesen immer gleich zu Melodien werden wollen, vertragen Waldluft und Vogelruf und Windesrauschen besser als irgend andere Bücher.
Da las ich auch das Lied vom Schnitter Tod, und sah ihn groß und ruhig über blühende Felder hinschreiten und hörte den strengen, ernsten, kühlen Strich seiner Sense durch das lebendige Kraut. Es werden auch heute noch schöne Gedichte gemacht, aber wenig solche, bei denen wir lächeln und mitsummen müssen, während uns das Herz zittert und den Takt verändert. Dies Lied vom Schnitter Tod war ernst, war traurigmachend, herb und streng, aber es war nicht grausam, es klang zart und süß und wohllau-

tend aus, als käme es aus Kindermund, als wisse es nicht um seine Traurigkeit.
Ein paar Stunden vergehen schnell, wenn man zur Sommerszeit im Walde schlendert, ruht und wieder schlendert, und der halbe Nachmittag war vorüber, als ich heimkehrend auf der selben Straße den Wald verließ. Sonne und Heugeruch drangen auf mich ein, im nächsten Dorfe hörte ich fünf Uhr schlagen, und mit beschleunigtem Schritte ging ich weiter. Da holte ich einen Leiterwagen ein; ein Mann ging neben den Pferden her, ein anderer saß vorn auf, und im Wagen lag ein dritter, der hatte ein rotes Kopftuch übergelegt und streckte nur die Beine heraus.
»Der schläft aber gut«, rief ich im Vorbeigehen.
»Er steht nimmer auf«, sagte der Führer und hielt die Pferde an. Ich zog das Tuch von dem Liegenden, da war es mein fröhlicher Nachbar, und als ich ihm die Hand auf die Brust legte, war sie kühl und ohne Herzschlag, und sein Gesicht hatte bläulichblasse Schatten.
»Soll ich vorausgehen?« fragte ich den Führer.
»Ist nicht nötig, die Frau weiß es schon.«
Nun ging ich hinter dem Wagen her, durch die glänzenden Felder und das blumige Grasland, und sah bald in die weithin blauende Seeferne, bald auf den stillen Mann, der neben seiner Sense auf dem Wagenboden lag. Er war beim Mähen umgefallen, mehr wußten seine Begleiter nicht zu erzählen.
Wir kamen ins Dorf gefahren, und scheue Weiber und Männer kamen uns entgegen, die schlossen sich an und es entstand ein stiller Zug durch die langgestreckte, zweimal gewundene Dorfstraße, bis vor das Haus des Toten, den seine Frau mit bleichem Gesicht

und großen, erschrocken aufgerissenen Augen empfing.
An jenem Abend war es ganz still im Dorfe. Anderen Tages ging alles seinen alten Gang, nur daß man oft von dem Gestorbenen sprechen hörte. Das geschah ohne besondere Rührung, aber mit Ernst und einem Tone der Trauer, den man nur in kleinen Dorfgemeinden so hören kann. Sie hatten den Schritt des gefürchteten Schnitters gehört, der in so kleinen Gemeinschaften selten kommt und dann ehrfürchtiger begrüßt wird als in Städten, wo jeden Tag Menschen sterben, ohne daß außer den Allernächsten jemand darauf achten kann.
Und gestern war die Beerdigung. Vor dem Hause stand der Sarg, und jeder Herankommende besprengte ihn mit Weihwasser; wer einen Kranz mitgebracht hatte, der legte ihn auf den Sarg oder hängte ihn um den wartenden Totenwagen. Dann ward der Sarg in den Wagen gehoben, die Glocken der kleinen Kapelle klangen herüber und wir begleiteten unseren Nachbarn auf dem stillen, weiten Weg zum Grabe. Denn unser kleines Nest hat keinen Pfarrer und keinen Kirchhof, wir bringen die Toten ins nächste Dorf hinüber. In zwei Reihen, zu beiden Seiten der Straße, schritten wir einer hinter dem andern, die Männer zuerst und dann die Weiber, und von Zeit zu Zeit stimmte irgend einer die Litanei an und alle fielen mit ihren harten, langsamen Stimmen betend ein. So brachten wir den Toten am blitzenden See, an den Weinbergen und Fruchtfeldern und Wiesen vorüber zum Kirchdorf, und dann standen wir auf dem alten, wunderbaren Friedhof, über dessen graue Mauer hinweg der See und die Insel und weite Bergzüge zu sehen

sind. Der Pfarrer segnete und betete, der Chor sang seinen Choral, wir warfen Erde und Laub ins frische Grab und rings um uns lag das schöne, sommerliche Land in gleichmütigem Frieden gebreitet.
Einmal, während der Einsegnung des Grabes, als ich in halber Betäubung den Blick erhob und ausschaute, sah ich über das dunkle Häuflein der Leidtragenden hinweg für Augenblicke den Kopf eines schönen Bauernweibes ragen. Sie schaute mit klaren Augen und unbewegtem Gesicht still aus dem Gedränge über den See und die Weinberge hinaus, nicht traurig und nicht froh, mit halb geöffnetem Munde, und ihr schöner dunkler Kopf stand einen Augenblick lang scharf und kühn gegen den hohen Himmel.

Dorfkirchhof

So nahe lieget ihr beisammen
In eurem Garten, stille Schar.
Von eures Lebens grellen Flammen
Loht keine mehr. Das Glockenläuten
Will euch nicht Leid noch Lust bedeuten
Noch Anklage dessen, was einst war.

Euch ist genug, daß in den Lüften
Hoch über euch der Flieder blüht
Und Sommernachts mit warmen Düften
Ob eurer Stätte festlich glüht.
Was noch in euch als Kraft, Begierde
Und unerlöster Drang gelebt,
Ist nun erlöst und frei und schwebt
Im Duft dahin als Spiel und Zierde.

Klage um einen alten Baum

Seit bald zehn Jahren, seit dem Ende des frischen, fröhlichen Krieges, hat meine tägliche Gesellschaft, mein dauernder vertraulicher Umgang nicht mehr aus Menschen bestanden. Zwar fehlte es mir nicht an Freunden und Freundinnen, aber der Umgang mit ihnen ist eine festliche, nicht alltägliche Angelegenheit, sie besuchen mich zuweilen, oder ich besuche sie: das dauernde und tägliche Zusammenleben mit anderen Menschen habe ich mir abgewöhnt. Ich lebe allein, und so kommt es, daß im kleinen und täglichen Umgang an die Stelle der Menschen für mich mehr und mehr die Dinge getreten sind. Der Stock, mit dem ich spazieren gehe, die Tasse, aus der ich meine Milch trinke, die Vase auf meinem Tisch, die Schale mit Obst, der Aschenbecher, die Stehlampe mit dem grünen Schirm, der kleine indische Krischna aus Bronze, die Bilder an der Wand und um das Beste zuletzt zu nennen, die vielen Bücher an den Wänden meiner kleinen Wohnung, sie sind es, die mir beim Aufwachen und Einschlafen, beim Essen und Arbeiten, an guten und bösen Tagen Gesellschaft leisten, die für mich vertraute Gesichter bedeuten und mir die angenehme Illusion von Heimat und Zuhausesein geben. Noch sehr viele andere Gegenstände zählen zu meinen Vertrauten. Dinge, deren Sehen und Anfühlen, deren stummer Dienst, deren stumme Sprache mir lieb ist und unentbehrlich scheint, und wenn eines dieser Dinge mich verläßt und von mir geht, wenn eine alte Schale zerbricht, wenn eine Vase herunterfällt, wenn ein Taschenmesser verlorengeht, dann sind es Verluste für mich, dann muß ich Abschied nehmen und mich einen Augenblick besinnen und ihnen einen Nachruf widmen.

Auch mein Arbeitszimmer mit seinen etwas schiefen Wänden, seiner alten, ganz erblaßten Goldtapete, mit den vielen Sprüngen im Bewurf der Decke gehört zu meinen Kameraden und Freunden. Es ist ein schönes Zimmer, ich wäre verloren, wenn es mir genommen würde. Aber das Schönste an ihm ist das Loch, das auf den kleinen Balkon hinausführt. Von da aus sehe ich nicht nur den See von Lugano bis nach San Mamette hin, mit den Buchten, Bergen, Dörfern, Dutzenden von nahen und fernen Dörfern, sondern ich sehe, und das ist mir das Liebste daran, auf einen alten, stillen, verzauberten Garten hinab, wo alte, ehrwürdige Bäume sich im Wind und im Regen wiegen, wo auf schmalen, steil abfallenden Terrassen schöne, hohe Palmen, schöne üppige Kamelien, Rhododendren, Magnolien stehen, wo die Eibe, die Blutbuche, die indische Weide, die hohe, immergrüne Sommermagnolie wächst. Dieser Blick aus meinem Zimmer, diese Terrassen, diese Gebüsche und Bäume gehören noch mehr als die Zimmer und Gegenstände zu mir und meinem Leben, sie sind mein eigentlicher Freundeskreis, meine Nächsten, mit ihnen lebe ich, sie halten zu mir, sie sind zuverlässig. Und wenn ich einen Blick über diesen Garten werfe, so gibt er mir – nicht nur das, was er dem entzückten oder gleichgültigen Blick jedes Fremden gibt, sondern unendlich viel mehr, denn dies Bild ist mir durch Jahre und Jahre zu jeder Stunde des Tages und der Nacht, zu jeder Jahreszeit und Witterung vertraut, das Laub jedes Baumes sowie seine Blüte und Frucht ist mir in jedem

Zustande des Werdens und Hinsterbens wohlbekannt, jeder ist mein Freund, von jedem weiß ich Geheimnisse, die nur ich und sonst niemand weiß. Einen dieser Bäume zu verlieren, heißt für mich, einen Freund verlieren.

Wenn ich vom Malen oder vom Schreiben, vom Nachdenken oder vom Lesen müde bin, ist der Balkon und der Blick in die zu mir heraufblickenden Wipfel meine Erholung.

Im Frühling gibt es eine Zeit, da ist der Garten brennend rot von der Kamelienblüte und im Sommer blühen die Palmen, und hoch in den Bäumen klettern überall die blauen Glyzinien. Aber die indische Weide, ein kleiner, fremdartiger Baum, der trotz seiner Kleinheit uralt ausieht und das halbe Jahr zu frieren scheint, die indische Weide traut sich erst spät im Jahre mit den Blättern hervor, und erst gegen Mitte August fängt sie an zu blühen.

Der schönste jedoch von all diesen Bäumen ist nicht mehr da, er ist vor einigen Tagen durch den Sturm gebrochen worden. Ich sehe ihn liegen, er ist noch nicht weggeschafft, einen schweren alten Riesen mit geknicktem und zerschlissenem Stamm, und sehe an der Stelle, wo er stand, eine große breite Lücke, durch welche der ferne Kastanienwald und einige bisher unsichtbare Hütten hereinschauen.

Es war ein Judasbaum, jener Baum, an dem der Verräter des Heilands sich erhängt hat, aber man sah ihm diese beklommene Herkunft nicht an, o nein, er war der schönste Baum des Gartens, und eigentlich war es seinetwegen, daß ich vor manchen Jahren diese Wohnung hier gemietet habe. Ich kam damals, als der Krieg zu Ende war, allein und als Flüchtling in diese

Gegend, mein bisheriges Leben war gescheitert, und ich suchte eine Unterkunft, um hier zu arbeiten und nachzudenken und die zerstörte Welt mir von innen her wieder aufzubauen und suchte eine kleine Wohnung, und als ich meine jetzige Wohnung anschaute, gefiel sie mir nicht übel, den Ausschlag aber gab der Augenblick, wo die Wirtin mich auf den kleinen Balkon führte. Da lag plötzlich unter mir der Garten Klingsors, und mitten darin leuchtete hellrosig blühend ein riesiger Baum, nach dessen Namen ich sofort fragte, und siehe, es war der Judasbaum, und Jahr für Jahr hat er seither geblüht, Millionen von rosigen Blüten, die dicht an der Rinde sitzen, ähnlich wie beim Seidelbast, und die Blüte dauerte vier bis sechs Wochen, und dann erst kam das hellgrüne Laub nach, und später hingen an diesem hellgrünen Laube dunkelpurpurn und geheimnisvoll in dichter Menge die Schotenhülsen.

Wenn man ein Wörterbuch über den Judasbaum befragt, dann erfährt man natürlich nicht viel Gescheites. Vom Judas und vom Heiland kein Wort! Dafür steht da, daß dieser Baum zur Gattung der Leguminosen gehört und Cercis siliquastrum genannt wird, daß seine Heimat Südeuropa sei und daß er da und dort als Zierstrauch vorkomme. Man nenne ihn übrigens auch »falsches Johannisbrot«. Weiß Gott, wie da der echte Judas und der falsche Johannes durcheinander geraten sind! Aber wenn ich das Wort »Zierstrauch« lese, so muß ich lachen, noch mitten in meinem Jammer. Zierstrauch! Ein Baum war es, ein Riese von einem Baum, mit einem Stamm so dick, wie ich es auch in meinen besten Zeiten nie gewesen bin, und sein Wipfel stieg aus der tiefen Gartenschlucht beinahe zur Höhe meines Balkönchens herauf, es war ein Prachtstück, ein wahrer Mastbaum! Ich hätte nicht unter diesem Zierstrauch stehen mögen, als er neulich im Sturm zusammenbrach und einstürzte wie ein alter Leuchtturm.

Ohnehin schon war die letzte Zeit nicht sehr zu rühmen. Der Sommer war plötzlich krank geworden und man fühlte sein Sterben voraus, und am ersten richtig herbstlichen Regentag mußte ich meinen liebsten Freund (keinen Baum, sondern einen Menschen) zu Grabe tragen, und seither war ich, bei schon kühlen Nächten und häufigem Regen, nicht mehr richtig warm geworden und trug mich schon sehr mit Abreisegedanken. Es roch nach Herbst, nach Untergang, nach Särgen und Grabkränzen.

Und nun kommt da eines Nachts, als späte Nachwehe irgendwelcher amerikanischer und ozeanischer Orkane, ein wilder Südsturm geblasen, reißt die Weinberge zusammen, schmeißt Schornsteine um, demoliert mir sogar meinen kleinen Steinbalkon und nimmt, noch in den letzten Stunden, auch noch meinen alten Judasbaum mit. Ich weiß noch, wie ich als Jüngling es liebte, wenn in herrlichen romantischen Erzählungen von Hauff oder Hoffmann die Aequinoktialstürme so unheimlich bliesen! Ach, genauso war es, so schwer, so unheimlich, so wild und beengend preßte sich der dicke warme Wind, als käme er aus der Wüste her, in unser friedliches Tal und richtete da seinen amerikanischen Unfug an. Es war eine häßliche Nacht, keine Minute Schlaf, außer den kleinen Kindern hat im ganzen Dorf kein Mensch ein Auge zugetan, und am Morgen lagen die gebrochenen Ziegel, die zerschlagenen Fensterscheiben, die geknickten Weinstöcke da. Aber das Schlimmste, das Unersetzlichste, ist für mich der Judasbaum. Es wird zwar ein junger Bruder nachgepflanzt werden, dafür ist gesorgt: aber bis er auch nur halb so stattlich werden wird wie sein Vorgänger, werde ich längst nicht mehr da sein.

Als ich neulich im fließenden Herbstregen meinen lieben Freund begraben habe und den Sarg in das nasse Loch verschwinden sah, da gab es einen Trost: er hatte Ruhe gefunden, er war dieser Welt, die es mit ihm nicht gut gemeint hatte, entrückt, er war aus Kampf und Sorgen heraus an ein anderes Ufer getreten. Bei dem Judasbaum gibt es diesen Trost nicht. Nur wir armen Menschen können, wenn einer von uns begraben wird, uns zum schlechten Troste sagen: »Nun, er hat es gut, er ist im Grunde zu beneiden.« Bei meinem Judasbaum kann ich das nicht sagen. Er wollte gewiß nicht sterben, er hat bis in sein hohes Alter hinein Jahr für Jahr überschwenglich und prahlend seine Millionen von strahlenden Blüten getrieben, hat sie froh und geschäftig in Früchte verwandelt, hat die grünen Schoten der Früchte erst braun, dann purpurn gefärbt und hat niemals jemand, den er sterben sah, um seinen Tod beneidet. Vermutlich hielt er wenig von uns Menschen. Vielleicht kannte er uns, schon von Judas her. Jetzt liegt seine riesige Leiche im Garten und hat im Fallen noch ganze Völker von kleineren und jüngeren Gewächsen zu Tode gedrückt.

Gegensätze

Es ist hoher Sommer, und seit Wochen schon steht der große Sommermagnolienbaum vor meinen Fenstern in Blüte; er ist ein Sinnbild des südlichen Sommers in seiner scheinbar lässigen, scheinbar gleichmütig langsamen, in Wirklichkeit aber rapiden und verschwenderischen Art zu blühen. Von den schneeweißen, riesigen Blütenkelchen stehen immer nur ein paar, höchstens acht oder zehn, zugleich offen, und so zeigt der Baum während der zwei Monate seiner Blüte eigentlich im Großen immer den gleichen Anblick, während doch diese herrlichen Riesenblüten so sehr vergänglich sind: keine von ihnen lebt länger als zwei Tage. Aus der bleichen, grünlich angeflogenen Knospe öffnet sich diese Blüte meist am frühen Morgen, rein weiß und zauberhaft unwirklich schwebt sie, das Licht wie schneeiger Atlas widerspiegelnd, aus den dunkelglänzenden, harten, immergrünen Blättern, schwebt einen Tag lang jung und glänzend, und beginnt dann sachte sich zu verfärben, an den Rändern zu gilben, die Form zu verlieren, und mit einem rührenden Ausdruck von Ergebung und Müdigkeit zu altern, und auch dies Altern dauert nur einen Tag. Dann ist die weiße Blüte schon verfärbt, sie ist hell zimtbraun geworden, und die Blütenblätter, gestern wie Atlas, fühlen sich heute an wie feines, zartes Wildleder: ein traumhafter, wunderbarer Stoff, zart wie ein Hauch und doch von fester, ja derber Substanz. Und so trägt mein großer Magnolienbaum Tag für Tag seine reinen, schneeigen Blüten, und es scheinen immer dieselben zu sein. Ein feiner, erregen-

der, köstlicher Duft, an den von frischen Zitronen erinnernd, aber süßer, weht von den Blüten herüber in mein Studierzimmer. Der große Sommermagnolienbaum (nicht zu verwechseln mit der auch im Norden bekannten Frühlingsmagnolie) ist nicht immer mein Freund, so schön er auch sei. Es gibt Jahreszeiten, in denen ich ihn mit Bedenken, ja mit Feindschaft ansehe. Er wächst und wächst, und in den zehn Jahren, in denen er mein Nachbar war, hat er sich so gestreckt, daß die spärliche Morgensonne in den Herbst- und Frühlingsmonaten meinem Balkon verloren geht. Ein Riesenkerl ist er geworden, oft kommt er mir in seinem heftigen, saftigen Wuchs so vor wie ein derber, rasch empor geschossener, etwas schlacksiger Junge. Jetzt aber, während seiner hochsommerlichen Blütezeit, steht er feierlich voll zarter Würde, klappert im Winde mit seinen steifen, glänzenden, wie lackierten Blättern und trägt behutsam Sorge um seine zarten, allzu schönen, allzu vergänglichen Blüten.
Diesem großen Baum mit seinen bleichen Riesenblüten steht ein andrer gegenüber, ein Zwerg. Er steht auf meinem kleinen Balkönchen, in einen Topf .gepflanzt. Es ist ein gedrungener Zwergbaum, eine Zypressenart, keinen Meter hoch, aber schon bald vierzig Jahre alt, ein kleiner knorriger und selbstbewußter Zwerg, ein wenig rührend und ein wenig komisch, voll von Würde und doch kauzig und zum Lächeln reizend. Ich habe ihn erst neuerdings geschenkt bekommen, zum Geburtstag, und nun steht er da, reckt seine charaktervollen, wie von jahrzehntelangen Stürmen geknorrten Äste, die aber nur fingerlang sind, und schaut gleichmütig zu seinem Riesenbruder hinüber, von welchem zwei Blüten genügen würden, um den würdigen

Zwerg zuzudecken. Ihn stört das nicht, er scheint den großen feisten Bruder Magnolie gar nicht zu sehen, von dem ein Blatt so groß ist wie bei ihm ein ganzer Ast. Er steht in seiner merkwürdigen kleinen Monumentalität, tief nachdenklich, ganz in sich versunken, uralt aussehend, so wie auch die menschlichen Zwerge oft so unsäglich alt oder zeitlos aussehen können.
Bei der gewaltigen Sommerhitze, die uns seit Wochen belagert, komme ich sehr wenig hinaus, ich lebe in meinen paar Zimmerchen, hinter geschlossenen Läden, und die beiden Bäume, der Riese und der Zwerg, sind meine Gesellschaft. Die Riesenmagnolie erscheint mir als Sinnbild und Lockruf alles Wachstums, alles triebhaften und naturhaften Lebens, aller Sorglosigkeit und geilen Fruchtbarkeit. Der schweigsame Zwerg dagegen, daran ist nicht zu zweifeln, gehört zum Gegenpol: er braucht nicht so viel Raum, er vergeudet nicht, er strebt nach Intensität und nach Dauer, er ist nicht Natur, sondern Geist, er ist nicht Trieb, sondern Wille. Lieber kleiner Zwerg, wie wunderlich und besonnen, wie zäh und uralt stehst du da!
Gesundheit, Tüchtigkeit und gedankenloser Optimismus, lachende Ablehnung aller tiefern Probleme, feistes feiges Verzichten auf aggressive Fragestellung, Lebenskunst im Genießen des Augenblicks – das ist die Parole unsrer Zeit – auf diese Art hofft sie die lastende Erinnerung an den Weltkrieg zu betrügen. Übertrieben problemlos, imitiert amerikanisch, ein als feistes Baby maskierter Schauspieler, übertrieben dumm, unglaubhaft glücklich und strahlend (»smiling«), so steht dieser Mode-Optimismus da, jeden Tag mit neuen strahlenden Blüten geschmückt, mit den Bildern neuer Filmstars, mit den Zahlen neuer

Rekorde. Daß alle diese Größen Augenblicksgrößen sind, daß alle diese Bilder und Rekordzahlen bloß einen Tag dauern, danach fragt niemand, es kommen ja stets neue. Und durch diesen etwas allzu hochgepeitschten, allzu dummen Optimismus, welcher Krieg und Elend, Tod und Schmerz für dummes Zeug erklärt, das man sich nur einbilde, und nichts von irgendwelcher Sorge oder Problematik wissen will – durch diesen überlebensgroßen, nach amerikanischem Vorbild aufgezogenen Optimismus wird der Geist zu ebensolchen Übertreibungen gezwungen und gereizt, zu verdoppelter Kritik, zu vertiefter Problematik, zu feindseliger Ablehnung dieses ganzen himbeerfarbenen Kinder-Weltbildes, wie es die Modephilosophien und die illustrierten Blätter spiegeln.
So zwischen meinen beiden Baum-Nachbarn, der wundervoll vitalen Magnolie und dem wunderbar entmaterialisierten und vergeistigten Zwerge, sitze ich und betrachte das Spiel der Gegensätze, denke darüber nach, schlummere in der Hitze ein wenig, rauche ein wenig und warte bis es Abend wird und etwas kühle Luft vom Walde weht.
Und überall in dem, was ich tue, lese, denke, überall begegnet mir derselbe Zwiespalt der heutigen Welt. Täglich kommen ein paar Briefe zu mir, Briefe von Unbekannten meistens, wohlmeinende und gutherzige Briefe meistens, manchmal zustimmende, manchmal anklagende, und alle handeln vom gleichen Problem, alle sind sie entweder von einem hahnebüchenen Optimismus und können mich, den Pessimisten, nicht genug tadeln oder auslachen oder bedauern – oder sie geben mir Recht, geben mir fanatisch und übertrieben Recht, aus tiefer Not und Verzweiflung heraus.

Natürlich haben beide recht, Magnolie und Zwergbaum, Optimisten und Pessimisten. Nur halte ich erstere für gefährlicher, denn ich kann ihr heftiges Zufriedensein und sattes Lachen nicht sehen ohne mich an jenes Jahr 1914 zu erinnern und an jenen angeblich so gesunden Optimismus, mit welchem damals ganze Völker alles herrlich und entzückend fanden, und jeden Pessimisten an die Wand zu stellen drohten, der daran erinnerte, daß Kriege eigentlich ziemlich gefährliche und gewaltsame Unternehmungen seien, und daß es vielleicht auch betrüblich enden könnte. Nun, die Pessimisten wurden teils ausgelacht, teils an die Wand gestellt, und die Optimisten feierten die große Zeit, jubelten und siegten jahrelang, bis sie sich und ihr ganzes Volk gründlich müde gejubelt und müde gesiegt hatten und plötzlich zusammenbrachen, und nun von den einstigen Pessimisten getröstet und zum Weiterleben ermuntert werden mußten. Ich kann jene Erfahrung nie ganz vergessen.

Nein, natürlich haben wir Geistigen und Pessimisten nicht Recht, wenn wir unsre Zeit nur anklagen, verurteilen oder belächeln. Aber sollten nicht am Ende auch wir Geistigen (man nennt uns heute Romantiker, und meint damit nichts Freundliches) ein Stück dieser Zeit sein, und ebenso gut das Recht haben, in ihrem Namen zu sprechen und eine Seite von ihr zu verkörpern, wie die Preisboxer und die Automobilfabrikanten? Unbescheiden bejahe ich mir diese Frage.

Die beiden Bäume in ihrem wunderlichen Gegensatz stehen, wie alle Dinge der Natur, unbekümmert um Gegensätze, jeder seiner selbst und seines Rechtes sicher, jeder stark und zäh. Die Magnolie schwillt vor Saft, ihre Blüten duften schwül herüber. Und der Zwergbaum zieht sich tiefer in sich selbst zurück.

»Wenn des Sommers Höhe überschritten«

Wenn des Sommers Höhe überschritten,
Weiße Fäden in den Hecken wehen,
Schwer bestaubt am Weg die Margueriten
Mit gebräunten Sternen müde stehen,
Letzte Sensen in die Felder gehen,
Wird aus Müdigkeit und Todeswille
Über allem eine tiefe Stille,
Will Natur nach so gedrängtem Leben
Nichts mehr tun als ruhn und sich ergeben.

Zwischen Sommer und Herbst

Ein gutes Stück von diesem Sommer habe ich verloren, durch schlechtes Wetter, durch Kranksein, durch dies und das; aber diese Zeit zwischen Sommer und Herbst, die Zeit der letzten heißen Nächte und der ersten Astern, sauge ich mit allen Poren ein, sie ist für mich die Höhe und Erfüllung des ganzen Jahres, und wenn ich im Winter oder Frühling an sie denke, so weckt das Gedächtnis lauter schöne, holde und vergängliche Bilder: das Bild einer voll aufgeblühten Rose, wie sie sich schwer auf dem Stiele neigt und ganz in ihrem süßen Dufttraume bezaubert ist, oder das Bild eines Pfirsichs, eines purpurn angeflogenen reifen Pfirsichs, wie man ihn im rechten Augenblicke vom Spalier pflückt, in dem Augenblick nämlich, wo er der eigenen Süße und schweren Reife so gesättigt ist, daß er nicht mehr leben will, sich nicht mehr wehrt, wo er ergeben uns in die Hand fällt, sobald wir ihn nur berühren. Oder das Bild einer schönen Frau auf der Höhe des Lebens und der Liebefähigkeit, mit den gelassenen Zügen, den würdigen Bewegungen der Reife, des Wissens und der Machtfülle, und mit dem rosenhaften Hauch von Schwermut, dem stillen Ergebensein in die Vergänglichkeit.

In diesen Tagen, welche höchstens bis zur Mitte des Septembers dauern können, in diesen spätsommerlich glühenden Tagen, wo im hart gewordenen Laub die Trauben blau zu werden beginnen, wo nachts um die Lampe meines Arbeitszimmers die tausend kleinen juwelenschimmernden Falterchen, Glasflügler und Käfer summen, wo am Morgen in den großen mattglänzenden Spinnennetzen des Gartens die Tautropfen schon so herbstlich funkeln, während doch eine Stunde später Erde und Pflanzenwelt in stumm brütender Hitze dampft – in diesen Tagen zwischen Sommer und Herbst, die ich von Kind an besonders geliebt habe, kommt mir alle Empfänglichkeit für die zarten Stimmen der Natur wieder, alle Neugierde auf die flüchtigen Farbenspiele, alles jägerhafte Belauschen und Belauern der winzigen Vorgänge: wie ein vorzeitig welkendes Rebenblatt sich in der Sonne dreht und einrollt, wie eine kleine goldgelbe Spinne sich an ihrem Faden schwebend vom Baume sinken läßt, sanft wie Flaum, wie eine Eidechse auf besonntem Stein rastet und sich ganz flach macht, um die Strahlung vollkommen auszukosten, oder wie am Zweige eine blaßrote Rose sich auflöst, und nach dem lautlosen Dahinsinken ihrer Last der erleichterte Zweig ein klein wenig emporschnellt. Dies alles spricht dann wieder zu mir mit der Schärfe und Wichtigkeit, die es einst für meine Knabensinne hatte, und tausend Bilder aus vielen lang vergangenen Sommern werden in mir wieder lebendig, erscheinen hell oder behaucht auf der launisch spiegelnden Tafel der Erinnerung: Knabenstunden mit Schmetterlingsnetz und Botanisierbüchse, Spaziergänge mit den Eltern und die Kornblumen auf dem Strohhut meiner Schwester, Wandertage mit Blicken von schwindelnden Brücken in brausende Gebirgsflüsse hinab, unerreichbar auf bespritzten Felsklippen schaukelnde Steinnelken, bleichrosa blühender Oleander am Gemäuer italienischer Landhäuser, bläulicher Höhenrauch über heidebewachsenen Hochflächen im Schwarzwald, Gartenmauern am Bodensee, überm sanft klatschenden Wasser hängend, in der gebrochenen Spiegelfläche ihre Astern, Hortensien und Geranien beschauend. Es sind mannigfache Bilder, aber allen ist gemeinsam die gedämpfte Glut, der Duft von Reife, etwas Mittägliches und Wartendes, etwas vom zärtlichen Flaum des Pfirsiches, etwas von der halbbewußten Schwermut schöner Frauen auf der Höhe ihrer Reife.

Wenn man jetzt durchs Dorf und die Landschaft geht, findet man in den Bauerngärten zwischen den glühenden Kapuzinern die blauen und rotvioletten Astern blühen, und unter den Korallenfuchsien liegt die Erde voll von süßroten gefallenen Blüten. Man findet in den Rebgängen auf manchen Blättern schon den ersten Klang der Herbstfarben, jenes metallische, braunbronzene matte Schimmern, und an den noch halbgrünen Trauben sind erste blaue Beeren zu sehen, manche sind schon dunkelblau und schmecken süß, wenn man sie probiert. In den Wäldern klingt aus dem edlen Blaugrün der Akazien da und dort wie ein Hornsignal hell und rein das goldgelbe Getüpfel eines abgewelkten Zweiges, und von den Kastanienbäumen fällt da und dort verfrüht eine grüne stachlige Frucht. Die zähe, grüne Stachelschale ist schwer zu öffnen, die Stacheln scheinen so geschmeidig und dringen doch im Augenblick durch die Haut, heftig wehrt sich die kleine derbe Frucht ihres bedrohten Lebens. Und hat man sie herausgeschält, so hat sie die Konsistenz halbreifer Haselnüsse, schmeckt aber bitterer als diese.

Trotz der drückenden Wärme dieser Tage bin ich viel draußen. Ich weiß allzu gut, wie flüchtig diese Schönheit ist, wie schnell sie Abschied nimmt, wie plötzlich ihre süße Reife sich zu Tod und Welke wandeln kann. Und ich bin so geizig, so habgierig dieser Spätsommerschönheit gegenüber! Ich möchte nicht nur alles sehen, alles fühlen, alles riechen und schmecken, was diese Sommerfülle meinen Sinnen zu schmecken anbietet; ich möchte es, rastlos und von plötzlicher Besitzlust ergriffen, auch aufbewahren und mit in den Winter, in die kommenden Tage und Jahre, in das Alter nehmen. Ich bin sonst nicht eben eifrig im Besitzen, ich trenne mich leicht und gebe leicht weg, aber jetzt plagt mich ein Eifer des Festhaltenwollens, über den ich zuweilen selber lächeln muß. Im Garten, auf der Terrasse, auf dem Türmchen unter der Wetterfahne setze ich mich Tag für Tag stundenlang fest, plötzlich unheimlich fleißig geworden, und mit Bleistift und Feder, mit Pinsel und Farben versuche ich dies und jenes von dem blühenden und schwindenden Reichtum beiseite zu bringen. Ich zeichne mühsam die morgendlichen Schatten auf der Gartentreppe nach und die Windungen der dicken Glyzinienschlangen und versuche die fernen gläsernen Farben der Abendberge nachzuahmen, die so dünn wie ein Hauch und doch so strahlend wie Juwelen sind. Müde komme ich dann nach Hause, sehr müde, und wenn ich am Abend meine Blätter in die Mappe lege, macht es mich beinahe traurig, zu sehen, wie wenig von allem ich mir notieren und aufbewahren konnte.

Dann esse ich mein Abendmahl, Obst und Brot, und sitze dabei in dem etwas düstern Zimmer schon ganz im Dunkeln, bald werde ich schon vor sieben Uhr das Licht anzünden müssen, und bald noch früher, und bald wird man sich an Dunkelheit und Nebel, an Kälte und Winter gewöhnt haben und kaum mehr wissen, wie die Welt einmal einen Augenblick lang so durchleuchtet und vollkommen war. Eine Viertelstunde lese ich dann, um auf andere Gedanken zu kommen, doch kann ich zu dieser Zeit nur auserlesen Gutes lesen.

Wie es im Zimmer dunkel wird, draußen aber noch der Tag ausatmend nachleuchtet, stehe ich auf und gehe auf die Terrasse hinaus, dort blickt man über ziegelgedeckte und efeubewachsene Brüstungsmauern gegen Castagnola, Gandria und San Mamete hinüber, und sieht hinter dem Salvatore den Monte Generoso rosig verglühen. Zehn Minuten, eine Viertelstunde dauert dies Abendglück.

Ich sitze im Lehnstuhl, mit müden Gliedern, mit müden Augen, aber nicht satt oder verdrossen, sondern voll Empfänglichkeit, und ruhe und denke an gar nichts, und auf der noch sonnenwarmen Terrasse stehen meine paar Blumen im letzten Abendlicht, mit schwach leuchtendem Laube, langsam einschlummernd, langsam vom Tage Abschied nehmend. Fremd steht und etwas verlegen in ihrer exotischen Starre die große Opuntie mit den goldenen Stacheln, sie bleibt ganz allein für sich; meine Freundin hat mir diesen Märchenbaum geschenkt, er hat einen Ehrenplatz auf meiner Dachterrasse. Neben ihr lächeln die Korallenfuchsien und dunkeln die violetten Kelche der Petunien, aber Nelke und Wicke, Türkenbund und Sternblume sind längst verblüht. Zusammengedrängt in ihren paar Töpfen und Kistchen stehen die Blumen, und mit dem Dunkelwerden ihres Laubes beginnen die Blütenfarben heftiger zu glühen, ein paar Minuten lang leuchten sie so tiefbrennend wie Glasfenster in einem Dom. Und dann erlöschen sie langsam, langsam und sterben den täglichen kleinen Tod, um sich auf den großen einmaligen vorzubereiten. Unmerklich entschwindet ihnen das Licht, unmerklich wird ihr Grün ins Schwarze verwandelt und ihre frohen Rot und Gelb sterben in gebrochenen Tönen zur Nacht hinüber. Manchmal kommt noch spät ein Falter zu ihnen geflogen, ein Schwärmer mit träumerisch schwirrendem Flug, bald aber ist der kleine Abendzauber vergangen, dunkel steht und plötzlich schwer geworden die Reihe der Berge drüben; aus dem hellgrünen Himmel, an dem man noch keinen Stern sehen kann, zucken in hastigem Flug die Fledermäuse und verschwinden blitzschnell. Tief unter mir im Tal geht ein Mann in weißen Hemdsärmeln durchs Gras der Wiese und mäht, aus einem der Landhäuser am Dorfrand weht halbverwischt und einschläfernd ein wenig Klavierspiel herüber.

Da ich ins Zimmer zurückkehre und Licht anzünde,

flügelt ein großer Schatten durchs Zimmer, und leise rauschend schwebt ein großer Nachtfalter gegen den grünen Glaskelch über dem Licht. Er setzt sich, hell bestrahlt, auf dem grünen Glase nieder, schlägt die langen schmalen Flügel zusammen, zittert mit dünn befiederten Fühlern, und seine schwarzen kleinen Augen glänzen wie feuchte Pechtropfen. Über seine geschlossenen Flügel läuft eine vielfach geäderte zarte Zeichnung wie Marmor, da spielen alle matten, gebrochenen, gedämpften Farben, alle Braun und Grau, alle Farbtöne welkender Blätter durcheinander und klingen sammetweich. Wenn ich Japaner wäre, so hätte ich von den Vorfahren her eine ganze Anzahl von genauen Bezeichnungen für diese Farben und ihre Mischungen geerbt und vermöchte sie zu benennen. Aber auch damit wäre nicht viel getan, so wie mit dem Zeichnen und Malen, dem Nachdenken und Schreiben nicht viel getan ist. In den braunroten, violetten und grauen Farbflächen der Falterflügel ist das ganze Geheimnis der Schöpfung ausgesprochen, all ihr Zauber, all ihr Fluch, mit tausend Gesichtern blickt das Geheimnis uns an, blickt auf und erlischt wieder, und nichts davon können wir festhalten.

Sonderbar und unheimlich, wie auch der schönste und glühendste Sommer vergeht, wie plötzlich der Augenblick da ist, wo man fröstelnd und noch etwas verwundert in seinem Zimmer sitzt, auf den Regen draußen horcht und von einem grauen, schwachen, kühlen, strahlenlosen Licht umgeben ist, das man allzu gut wiedererkennt. Eben noch, gestern abend noch, war eine andere Welt und Luft um uns her, schwang warmes rosiges Licht über sanfte Abendwolkengefilde, sang tief und summend das Lied des Sommers über den Wiesen und Weinbergen – und plötzlich erwachst du nach einer schwer durchschlafenen Nacht, blinzelst verwundert in einen grauen matten Tag, hörst kühl und stetig den Regen auf die Blätter vorm Fenster schlagen, und weißt: jetzt ist es vorüber, jetzt ist es Herbst, jetzt ist es bald Winter. Eine neue Zeit, ein anderes Leben beginnt, ein Leben in den Stuben und bei Lampenlicht, mit Büchern und zuweilen mit Musik, ein Leben, das auch sein Schönes und Inniges hat, nur ist der Übergang dazu schwer und lustlos, es beginnt mit Frieren, mit Trauer und innerer Abwehr.

Mein Zimmer ist mit einem Male verwandelt. Einige Monate lang war es ein luftiges Obdach für die Stunden der Ruhe und der Arbeit, ein Unterstand mit offenen Türen und Fenstern, durch die der Wind und der Geruch der Bäume und der Mondschein ging, ich war in diesem Zimmer nur zu Gast, nur zu dem bißchen Ruhen und Lesen, das eigentliche Leben spielte sich nicht hier ab, sondern draußen, im Walde, am See, auf den grünen Hügeln, mit Malen, Spazieren, Wandern, in leichter, sorgloser Kleidung, in dünner Leinenjacke mit offenem Hemd. Und jetzt ist dies Zimmer plötzlich wieder wichtig, ist Heimat – oder Gefängnis, ist unentrinnbarer Aufenthalt.

Wenn erst einmal der Übergang vollzogen und der Dauerbrenner angezündet ist, wenn man sich darein ergeben und wieder daran gewöhnt hat, eingesperrt zu sein und ein Stubenleben zu führen, dann kann es ja wieder ganz hübsch werden. Für den Augenblick ist es nicht hübsch, ich schleiche von Fenster zu Fenster, sehe die Berge (über denen gestern noch die klare Mondnacht lag) in Wolken verhüllt, sehe und höre den kalten Regen ins Laub fallen, gehe hin und wieder, friere und empfinde dennoch die warmen festen Kleider, die ich angezogen habe, als lästig. Ach, wo sind die Zeiten, da man halbe Nächte in Hemdärmeln auf der Terrasse oder im Wald unter den hohen, sanft wehenden Bäumen saß! ...

Es regnet in die Blumen, in die blauen Trauben, in die verfärbten Wälder. Ich muß auf den Estrich steigen und den Petrolofen suchen und vor diesem garstigen kleinen Götzen niederknien und ihm schöntun, damit er vielleicht wieder brennt und warm gibt. Die kleine Blumenvase ist leer. O wie blau und sommerlich waren einst ihre Blumen!

Rückgedenken

Am Hang die Heidekräuter blühn,
Ginster starrt in braunen Besen.
Wer weiß heut noch, wie flaumiggrün
Der Wald im Mai gewesen?

Wer weiß heut noch, wie Amselsang
Und Kuckucksruf einmal geklungen?
Schon ist, was so bezaubernd klang,
Vergessen und versungen.

Im Wald das Sommerabendfest,
Der Vollmond überm Berge droben,
Wer schrieb sie auf, wer hielt sie fest?
Ist alles schon zerstoben.

Und bald wird auch von dir und mir
Kein Mensch mehr wissen und erzählen;
Es wohnen andre Leute hier,
Wir werden keinem fehlen.

Wir wollen auf den Abendstern
Und auf die ersten Nebel warten.
Wir blühen und verblühen gern
In Gottes großem Garten.

Herbstwald

O wie schnell ist das wieder gegangen mit dem Herbstwerden! Dies Jahr war es ja ein Spätsommer ohnegleichen, er schien nie enden zu können, Tag um Tag wartete man, nach scheinbar sicheren Anzeichen, auf Regen, auf Wind, auf Nebel, aber Tag um Tag stieg klar, golden und warm aus dem Seetal herauf, nur ging die Sonne Tag für Tag eine Idee später auf und kam nicht mehr über denselben Bergen herangestiegen, wie die Sommersonne es tat, sondern ihr Aufgangspunkt war weit verschoben, gegen Como hin – aber all dies bemerkte man nur, wenn man nachrechnete und kontrollierte. Die Tage selbst waren einer wie der andere Sonnentage, die Morgen kräftig leuchtend, die Mittage heiß und brennend, die Abende farbig verglühend. Und nun ist, nach einem ganz kurzen Wetterwechsel, der bloß zwei Tage dauerte, doch auf einmal der Herbst hereingeschlichen, und nun kann es am Mittag noch so warm und am Abend noch so golden strahlend werden, es ist doch längst kein Sommer mehr, es ist Sterben und Abschied in der Luft.

Abschied nehmend – denn morgen will ich für Monate fortreisen – schlenderte ich durch den Wald. Von weitem sieht dieser Wald noch ganz grün aus, in der Nähe aber sieht man, daß auch er alt geworden und nah am Sterben ist, das Laub der Kastanien knistert trocken und wird immer gelber, das feine spielende Laub der Akazien blickt zwar an manchen feuchten kühlen Waldstellen und Schluchten noch tief und bläulich, aber überall schon durchstreift und durchglänzt von welken Zweigen, an denen die grellgoldenen Blättchen einzeln schimmern und bei jedem Hauch herabzutropfen beginnen.

Hier beim Graben, wo das welke Laub sich schon häuft, obwohl die Wipfel alle noch voll scheinen, hier habe ich im vergangenen Frühling, in der Zeit vor Ostern, die ersten zweifarbigen Blüten des Lungenkrautes gefunden, und große Flächen voll von Waldanemonen, wie roch es damals feucht und krautig hier, wie gärte es im Holz, wie tropfte und keimte es in den Moosen! Und jetzt ist alles trocken, tot und starr, das welke holzige Gras und die welken dürren Brombeerranken, alles klirrt, wenn der Wind anhebt, dünn und spröde aneinander. Nur pfeifen überall in den Bäumen noch die Siebenschläfer; die werden im Winter schweigen. ...

Ich will die Nasenflügel weiten und mich bemühen, noch so viel wie möglich von diesem gestorbenen Sommer, von diesem schnell gekommenen Herbst in mich einzuatmen! Ah, da rieche ich etwas, das Freude macht. Ein feuchter, dicklicher, fettlicher, etwas dumpfer Geruch zeigt mir Pilze an, Steinpilze, die man hier nicht allzu häufig findet, denn auch der Tessiner ißt Steinpilze sehr gern (im Risotto schmekken sie wunderbar) und sucht sie mit Eifer. Eben habe ich einen angetroffen, der schlich gespannt und lauernd wie ein Jäger an mir vorbei durchs Gehölz, den Blick scharf am Boden, in der Hand eine leichte schlanke Gerte, mit der er an jeder Stelle, die ihm etwas zu versprechen scheint, das dürre Laub beiseite fegt. Aber diesen hübschen Steinpilz hier mit dem kräftigen dicken Kopf hat er also nicht gefunden, der gehört mir, heute abend wird er gegessen. Und morgen also reise ich davon, kleide mich nach Monaten wieder einmal städtisch, ziehe nach Monaten einmal wieder einen Kragen, eine Krawatte, eine Weste, einen Mantel an und bringe dann in solcher Verkleidung den Winter unter den Menschen zu, in den Städten, in den Restaurants und Konzert- und Tanzsälen, wo es keine Steinpilze gibt, wo im Frühling kein rotes und blaues Lungenkraut blüht, im Herbst kein braunes Farnkraut rauscht. Nun, in Gottes Namen!

Gestern war ein fremder Herr bei mir, der machte mich darauf aufmerksam, daß im nächsten Jahr mein fünfzigster Geburtstag sei, darum sei er gekommen, um sich von mir allerlei aus meinem Leben erzählen zu lassen, für einen Gratulationsartikel, den er dann schreiben werde. Diesem Herrn sagte ich, es sei rührend von ihm, daß er sich so viel Mühe um mich gebe, ich hätte aber nichts zu erzählen, und daß er mich auf dies Jubiläum aufmerksam mache, sei gerade so nett, wie wenn zu einem Sterbenden ein fremder Herr käme, ihn auf die Nähe seines Ablebens aufmerksam machte und ihm den Katalog seiner bestempfohlenen Sargfabrik in die Hand drückte. Den fremden Herrn bin ich losgeworden, den üblen Geschmack auf der Zunge nicht. Es ist Herbst, es riecht nach Welke, nach grauem Haar, nach Jubiläen, nach Friedhof.

Überall blühen noch die kleinen roten Steinnelken, feurig nicken sie aus dem welken Gras, hinter dem braunen Laub, sie singen das Lied vom Untergang nicht mit, sie lachen und brennen und lassen ihre kleine rote Flagge wehen, erst vom ersten Frost lassen sie sich umbringen. Euch liebe ich, kleine Brüder, ihr gefallt mir. Eine von euch, kleine brennende Nelken, nehme ich mit mir, stecke sie an und bringe sie mit dort hinüber in die andere Welt, in die Städte, in den Winter, in die Zivilisation.

Elegie im September

Feierlich leiert sein Lied in den düsteren Bäumen der Regen,
Über dem Waldgebirg weht schon erschauerndes Braun.
Freunde, der Herbst ist nah, schon äugt er lauernd am Wald hin;
Leer auch starret das Feld, nur von den Vögeln besucht.
Aber am südlichen Hang reift blau am Stabe die Traube,
Glut und heimlichen Trost birgt ihr gesegneter Schoß.
Bald wird alles, was heut noch in Saft und rauschendem Grün steht,
Bleich und frierend vergehn, sterben in Nebel und Schnee;
Nur der wärmende Wein und bei Tafel der lachende Apfel
Wird noch vom Sommer und Glanz sonniger Tage erglühn.

So auch altert der Sinn uns und kostet im zögernden Winter,
Dankbar der wärmenden Glut, gern der Erinnerung Wein,
Und von zerronnener Tage verflatterten Festen und Freuden
Geistern in schweigendem Tanz selige Schatten durchs Herz.

Vor einer Sennhütte im Berner Oberland

Wieder steige ich im Morgenlicht durch den hohen Schnee hinan zwischen Hütten und Obstbäumen, die allmählich selten werden und zurückbleiben. Streifen von Tannenwald züngeln über mir den mächtigen Berg hinan bis zur letzten Höhe, wo kein Baum mehr wächst und wo der stille, reine Schnee noch bis zum Sommer liegen wird, in den Mulden tief und sammetglatt verweht, über Felshängen in phantastischen Mänteln und Wächten hängend.

Ich steige, den Rucksack und die Skier auf dem Rükken, in einem steilen Holzweg Schritt für Schritt bergan, der Weg ist glatt und manchmal eisig, und die stählerne Spitze meines Bambusstockes dringt knirschend und widerwillig ein. Ich werde im Gehen warm, und am Schnurrbart gefriert der Atem.

Alles ist weiß und blau, die ganze Welt ist strahlend kaltweiß und strahlend kühlblau, und die Umrisse der Gipfel stechen hart und kalt in den fleckenlosen Glanzhimmel. Dann trete ich in beengend dichten, finsteren Nadelwald, die Skibretter streifen spärliche Schneereste von lautlosen Zweigen, es ist bitter kalt,

ich muß abstellen und den Rock wieder anziehen.
Überm Walde steile Schneehänge. Der Weg ist schmal und schlecht geworden. Ein paarmal breche ich bis zu den Hüften durch den Schnee. Eine launische Fuchsspur geht vom Walde her mit, jetzt rechts, jetzt links vom Pfad, macht eine feine spielerische Schleife und kehrt bergwärts um.
Hier oben will ich Mittagsrast halten. Die letzte Hütte steht auf schmalem Weidebord, Tür und Fensterluken sorgfältig verschlossen, davor nach Süden eine kleine Ruhebank, drüben ein Brunnen, tief unterm Schnee mit dunkel glasigen Tönen läutend. Ich zünde Spiritus an, fülle Schnee in die Kochpfanne, taste im vollen Rucksack nach dem Teepaket. Die Sonne blitzt grell im weißen Aluminium, überm Kochapparat zittert die Luft in blasig quirlenden Formen von der Wärme, der versunkene Brunnen gurgelt schwach unterm Schnee, sonst keine Regung und kein Ton in der weiß und blauen Winterwelt.
Rings um die Hütte, von dem vorstehenden Dach geschützt, läuft eine schneefreie Gasse, da liegen tannene Bretter, Stangen, Spaltklötze umher, sonderbar bloß und nackt mitten in der Schneeöde. Ruhe, tiefe Ruhe. Erschreckender Lärm für das verwaiste Gehör, wenn am Kocher ein Schneekorn verzischt, wenn von unten aus den spitzen Wipfeln ein Krähenschrei knarrt.
Aber plötzlich – ich hatte halbwach im Sitzen geträumt, ungewiß, ob Minuten oder Viertelstunden – klingt ein unendlich schwacher, unendlich zärtlichweicher Ton, seltsam befremdend, zauberlösend, in mein Ohr. Unmöglich, ihn zu deuten, aber mit ihm ist alles anders geworden: matter der Schnee, gedehnter

die Luft, süßer das Licht, wärmer die Welt. Und wieder der Ton – und wieder, und mit rasch verkürzten Pausen wiederholt – und jetzt erkenne ich ihn, und jetzt lächle ich und sehe, es ist ein Wassertropfen, der vom Dach zum Boden fällt! Und schon fallen drei, sechs, zehn zugleich, gesellig, plaudernd, arbeitsam, und die Starre ist gebrochen; es taut vom Dache. Im Panzer des Winters sitzt ein kleiner Wurm, ein kleiner Zerstörer und Bohrer und Mahner – tik, tak, tak ...

Und am Boden glitzert breit ein Streifen Feuchtigkeit, und die paar hübschen, runden Pflastersteine fangen zu glänzen an, ein paar dürre Tannennadeln drehen sich schwimmend auf einer winzigen Pfütze, die kleiner ist als meine Hand. Und die ganze Mittagsseite des Hüttendaches entlang fallen lässig die schweren Tropfen, einer in den Schnee, einer klar und kühl auf einen Stein, einer dumpf auf ein trockenes Brett, das ihn gierig schluckt, einer breit und satt auf die nackte Erde, die nur langsam, langsam saugen kann, weil sie so tief gefroren ist. Sie wird sich auftun, in vier, in sechs Wochen, und hier wird ein verblasener Grassame aufgehen, der jetzt unsichtbar schläft, klein und mastig, und zwischen den Steinen zwergiges Unkraut mit feinen Blumen, ein kleiner Hahnenfuß, eine Taubnessel, ein weiches Fünffingerkraut, ein struppiger Löwenzahn.

Wie ist der kleine Platz seit einer Stunde ganz verwandelt! Ringsum liegt immer noch mannshoch der Schnee und wird noch lange liegen. Aber im Bezirk der Hütte, wie atmet da entbundene Kraft begieriges Leben!

Vom Schneerand auf dem Bretterstoß rinnt sacht ein stiller Tropfen um den andern und verrinnt lautlos im

saugenden Holz, und das Tauwasser klatscht freudig vom Dach, dessen Schnee doch nicht zu schwinden scheint, und vor der Schwelle dampft der feuchte Boden in der Mittagssonne dünne Wölkchen aus.
Ich habe gegessen und habe den Rock ausgetan und dann die Weste, und sonne mich und gehöre mit zu der kleinen Frühlingsinsel, und wenn ich auch weiß, daß dieser kleine, spiegelnde See zwischen meinen Schuhen und jeder von diesen glitzernden Tautropfen in wenig Stunden tot und Eis sein wird – ich habe doch den Frühling schon an der Arbeit gesehen.
Der arme karge Bergfrühling, der so viele Feinde und ein so bedrängtes Leben hat, er will doch leben und arbeiten und sich fühlen! Und solange nichts anderes zu tun und an kein Gras und keine Biene, an keine Schlüsselblume und keine kleinste Ameise zu denken ist, so lange spielt der Frühling, wie ein Knabe, begnügsam und eifrig mit dem wenigen, was da ist.
Und jetzt beginnt sein süßestes Spiel. Er hat nichts als die Hütte und ihren winzigen Umkreis, alles andere liegt noch tief begraben. Da hält er sich an das einzige Lebende, was da ist, an das Holz. Er spielt mit dem Holz der Balken und der Türe, mit den Brettern und Schindeln, mit den Hackblöcken und Wurzelstöcken unterm Bretterdach. Er tränkt sie mit Mittagssonne, daß sie durstig werden, er läßt sie Tauwasser trinken, er öffnet ihre verschlafenen Poren, und das Holz, das eben noch tot und ewig vom Kreislauf der Verwandlungen ausgestoßen schien, beginnt Leben zu spüren, Erinnerung an Baum und Sonne, an Wachstum und ferne Jugend. Es atmet schwach in seinem Traum, es saugt verlangend Feuchtigkeit und Sonne, es dehnt sich in erstarrten Fasern, knackt hier und dort und

rührt sich träge. Und da ich mich auf die Bretter lege und einzuschlummern beginne, kommt mir aus den halbtoten Hölzern ein wunderbar leichter, inniger Duft entgegen, schwach und kindlich voll von der rührenden Unschuld der Erde, von Frühlingen und Sommern, von Moos und Bach und Tiernachbarschaft.
Und mir, dem einsamen Skiläufer, der an Menschen und Bücher und Musik und Gedichte und Reisen gewöhnt und der aus dem Reichtum des Menschenlebens mit Eisenbahnen und Postwagen, auf Schneeschuhen und zu Fuß hier heraufgekommen ist, mir rührt der leise kindliche Duft des erwarmenden Holzes in der Sonne stärker und bezwingender an die Seele, weckt Erinnerung an fernere, tiefere Kindheiten auf, als alles, was das Menschenreich mir seit langem gab.

Schlittenfahrt

Der Schneewind packt mich jäh von vorn,
Mein Schlitten knirscht im schnellen Lauf,
Genüber streckt sein fahles Horn
Der wolkenblasse Eiger auf.

Ein kühler Siegesmut erfaßt
Mein Herz mit unbekannter Lust,
Als trüg ich eine werte Last
Von Stolz und Glück in meiner Brust.

Was noch von Krankheit in mir schlief,
Ich riß es aus mit fester Hand
Und warf es lachend steil und tief
Hinunter ins verschneite Land.

Alle meine Reisen waren und sind im Grunde nur eine Flucht – nicht zwar die Flucht der Großstädter und Globetrotter, nicht die Flucht vor sich selber, die ewige Flucht vom Innen nach dem Außen, sondern gerade das Gegenteil: ein Fluchtversuch aus dieser Zeit heraus, aus dieser Zeit der Technik und des Geldes, des Krieges und der Habsucht, einer Zeit, die ihren Reiz und ihre Größe haben mag, die ich aber mit dem Besten in mir nicht billigen und lieben, sondern bestenfalls eben ertragen kann. ...
Und dennoch versuche ich, außer anderen Mitteln, auch heute noch je und je wieder das alte Mittel des Reisens, versuche es immer neu, manchmal mit Resignation, manchmal mit Humor, manchmal mit schlechtem Gewissen. Ein Glück, daß es auch andere Mittel gibt für den, der im Konflikt mit seiner Zeit steht! Außer der Flucht aus der Zeit gibt es ja auch den Kampf gegen sie, den Protest des Dichters gegen den General, gegen den Bankier, gegen den Ingenieur, den Protest der Seele gegen die Rechenmaschine, den Protest des Herzens gegen die Roheit und Ärmlichkeit dessen, was man heute »Leben« nennt. Unter den sehr wenigen Dichtern, die das heutige Europa hat, weiß ich nicht einen einzigen, dessen Werk im Grunde nicht ein solcher Protest wäre, dessen Werk nicht auf einem Boden von Leiden an der Zeit stände.

»Massenandachten vor den Resten einer einst wahrhaft schön gewesenen Landschaft«

Die Übervölkerung der Erde hat mir seit langem nicht mehr so übel entgegengeschrien wie hier, wo um die Zeit der Ostern sich die Fremden zusammenscharen wie die Heuschrecken. In dem kleinen Lugano sind ein Viertel der Einwohner von Berlin, ein Drittel von Zürich, ein Fünftel von Frankfurt und Stuttgart anzutreffen, auf das Quadratmeter kommen etwa zehn Menschen, täglich werden viele erdrückt, und dennoch spürt man keine Abnahme, nein jeder ankommende Schnellzug bringt 500 bis 1000 neue Gäste. Es sind selbstverständlich reizende Menschen, sie nehmen mit unendlich wenigem vorlieb, zu dreien schlafen sie in einer Badewanne oder auf dem Ast eines Apfelbaumes, atmen dankbar und ergriffen den Staub der Autostraßen ein, blicken durch große Brillen aus bleichen Gesichtern klug und dankbar auf die blühenden Wiesen, welche ihretwegen mit Stacheldraht umzäunt sind, während sie noch vor einigen Jahren frei und vertraulich in der Sonne lagen, von kleinen Fußwegen durchzogen. Es sind reizende Menschen, diese Fremden, wohlerzogen, dankbar, unendlich bescheiden, sie überfahren einander gegenseitig mit ihren Autos ohne zu klagen, irren tagelang von Dorf zu Dorf, um ein noch freies Bett zu suchen, vergebens natürlich, sie photographieren und bewundern die in längst verschollene Tessiner Trachten gekleideten Kellnerinnen der Weinlokale und versuchen italienisch mit ihnen zu reden, sie finden alles reizend und entzückend, und merken gar nicht, wie sie da, Jahr um Jahr mehr, eine der wenigen im mittlern Europa noch vorhandenen Paradiesgegenden eiligst in eine Vorstadt von Berlin verwandeln. Jahr um Jahr vermehren sich die Autos, werden die Hotels voller, auch noch der letzte, gutmütigste alte Bauer wehrt sich gegen die Touristenflut, die ihm seine Wiesen zertritt, mit Stacheldraht, und eine Wiese um die andre, ein schöner, stiller Waldrand um den andern geht verloren, wird Bauplatz und eingezäunt. Das Geld, die Industrie, die Technik, der moderne Geist haben sich längst auch dieser vor kurzem noch zauberhaften Landschaft bemächtigt, und wir alten Freunde, Kenner und Entdecker dieser Landschaft gehören mit zu den unbequemen altmodischen Dingen, welche an die Wand gedrückt und ausgerottet werden. Der Letzte von uns wird sich am letzten alten Kastanienbaum des Tessins, am Tag eh der Baum im Auftrag eines Bauspekulanten gefällt wird, aufhängen.

Einstweilen allerdings genießen wir noch einen bescheidenen Schutz. Erstens gibt es im Lande noch einige Gegenden, in welchen der Typhus häufig auftritt (im vorigen Jahr ist ein Freund von mir samt seiner Frau in seinem Tessiner Dorf daran gestorben), und zweitens geht noch immer die Sage, die Luganer Landschaft sei am schönsten im April (wo meistens die alljährliche Regenzeit ist), und im Sommer sei es hier vor Hitze nicht auszuhalten. Nun, den Sommer mit seiner schönen Hitze gönnt man uns vorerst noch, und wir sind dessen froh. Jetzt aber, im Frühling, drücken wir ein Auge zu, oft auch beide, halten unsre Haustüren gut verschlossen und sehen hinter geschlossenen Läden hervor der schwarzen Menschenschlange zu, die sich, ein fast ununterbrochener Heerwurm, Tag für Tag durch alle unsre Dörfer zieht und ergreifende Massenandachten vor den Resten einer einst wahrhaft schön gewesenen Landschaft begeht.

Wie voll es doch auf der Erde geworden ist! Wohin ich blicke neue Häuser, neue Hotels, neue Bahnhöfe, alles vergrößert sich, überall wird ein Stockwerk aufgebaut; irgendwie auf Erden eine Stunde lang zu spazieren, ohne auf Menschenscharen zu stoßen, scheint nicht mehr möglich. Auch nicht in der Wüste Gobi, auch nicht in Turkestan.

»Sommersprossen auf dem Gesicht Deutschlands«

Das war ein Gedanke: Fliegen! Mir fiel ein, daß ich das längst einmal hatte tun wollen, es sogar in frühern Zeiten, lange vor dem Krieg, als die Fliegerei noch in den Anfängen war, einmal probiert hatte. Schleunigst rief ich das nächste Büro der Lufthansa an und bestellte mir einen Platz, und dann erschien ich mit Handtasche, Regenschirm und Mundvorrat rechtzeitig auf dem Flugplatz, stieg nach Erfüllung einiger Zeremonien unter strenger Bewachung und Bevormundung durch zahlreiche Luftbeamte in das vortreffliche Fahrzeug und schnurrte zufrieden in die Luft hinauf.

Der Einfall bewährte sich. Gewiß, auch das Luftreisen hat Nachteile, es ist nicht zu leugnen, aber für Menschen von meiner Art ist es dennoch durchaus das

Richtige. Schließlich füllen die Aufenthalte auf den öden leeren Flugplätzen und in den leeren, allzu neuen, allzu feierlichen, allzu sachlichen Flugbahnhöfen ja nur Viertelstunden aus, und alles andre ist sehr hübsch und bekömmlich. Ich flog also von dem nördlichen Breitegrad, an den ich mich verlaufen hatte, den langen Weg bis zu den mir bekömmlicheren Gegenden in wenigen Stunden ab und machte dabei die angenehmsten Entdeckungen.
Die erste und schönste Entdeckung war diese: das Deutschland, das man von den Eisenbahnzügen aus sah, dieses düstere, rauchende, aus Zement und Wellblech bestehende Deutschland war eine Fiktion! Deutschland war gar nicht so, wie die Eisenbahnreise es einem vorzutäuschen suchte! Es bestand weder aus Zement noch aus Blech, weder aus Fabriken noch aus Bahnhöfen, sondern aus lauter Wald und Erde, aus Äckern, Hügeln, Flüssen, aus zauberhaft rosig gefärbten Erdflächen, und all die großen und kleinen Städte, all die Fabriken, Bahnhöfe, Wellblecharchitekturen bedeckten in Wirklichkeit nur einen lächerlich kleinen Teil seiner Fläche, waren bloß ein paar winzige Narben auf seinem Leib. Diese Entdeckung tat mir unendlich wohl. Dies Berlin, dies Halle, dies Leipzig, sie waren kleine unwesentliche Entstellungen, sie waren kleine Sommersprossen auf dem Gesicht Deutschlands, alles andre bestand aus solider Erde, aus herrlichem Grün, schaute mit blauen sanften Seeaugen und stillblitzenden, bis in den Himmel verlaufenden Flußbändern zu mir herauf, schön und friedlich. Am Horizont klangen viele zarte kühle Farben ineinander, ein wechselndes Konzert, nicht zu unterscheiden, was Himmel und Wolke, was Gebirge, was Stadt oder

Wasser sei. Weithin streckte sich der lichte Sandboden, von Wäldern durchzogen, kümmerte sich nicht um Berlin, nicht um die winzig kleinen Eisenbahnen, die ihn da und dort durchschlichen, nicht um Technik, Geld und Politik. Man brauchte nur ein paar hundert Meter Luft zwischen sich und die Erde, zwischen sich und das zwanzigste Jahrhundert zu bringen, dann wurden sie äußerst freundlich und friedlich, wußten nichts von Not, nichts von Krieg, nichts von Gemeinheit.

Fahrt im Aeroplan

Durch dünne Lüfte hingerissen,
Das Herz vor wildem Jubel matt,
So fliegen wir im Ungewissen
Hoch über Acker, Fluß und Stadt.

Die Erde weicht und sinkt entlegen
In kleine Nichtigkeit zurück,
Mit atemlosen Flügelschlägen
Erobern wir der Ferne Glück.

Und alle Nähe ist versunken,
Die Welt ward unabsehbar weit,
Wir fliehn erschreckt, doch heimlich trunken
Durch uferlose Einsamkeit ....

Träumen

In einer Zeit und Zivilisation, welche zwar für jede medizinische, psychologische oder soziologische Sondererscheinung eine spezielle Wissenschaft, Sprache und Literatur ausgebildet hat, eine Anthropologie aber, eine Kunde vom Menschen, überhaupt nicht mehr besitzt, können einem gelegentlich alle menschlichen Erlebnisse und Fähigkeiten zu unlösbaren Problemen und erstaunlichen Merkwürdigkeiten werden, manchmal zu faszinierenden, entzückenden, begeisternden, manchmal zu erschreckenden, bedrohenden und düsteren. Das zersplitterte, nicht mehr ganze und heile, sondern in tausend Spezialitäten und willkürlich gewonnene Ausschnitte zerlegte Menschenwesen kann uns dann, wie mikrotomische Präparate im Mikroskop, in eine Welt von Bildern zerfallen, deren viele an Menschliches, Tierisches, Pflanzliches, Mineralogisches erinnern, deren Formen- und Farbensprache scheinbar unbegrenzt über alle Elemente und Möglichkeiten verfügt, welchen ein gemeinsamer, zusammenhaltender Sinn fehlt, deren einzelne Bildsplitterchen aber absichtslose, zauberhafte, urweltlich schöpferische Schönheit haben können. Es ist ja auch diese Schönheit, dieser Zauber des Zerstückelten und aus dem Ganzen und Wirklichen Erlösten, welche die Maler seit einigen Jahrzehnten so heftig anzieht und vielen ihrer des Sinnes entbehrenden Bildern eine so reizvolle Traurigkeit des Nichtseienden, eine so flüchtige und seelenbetörende Schönheit verleihen kann, daß man zuweilen in ihnen wieder ein Ganzes und Echtes dargestellt zu finden meint: nicht mehr die

Einheit und Beständigkeit der Welt nämlich, sondern die Einheit und Ewigkeit des Todes, des Hinwelkens, der Vergänglichkeit.
So wie diese Maler arbeiten, die das Ganze zerstükkeln, das Feste auflösen, die Formelemente durcheinander schütteln und zu neuen, verantwortungslosen, aber oft wunderbar reizvollen Kombinationen umbauen, so arbeitet unsre Seele im Traum, und es ist kein Zufall, daß zu den neuen Menschentypen unserer Zeit, die es vordem nicht gab, auch der Typus des Menschen hinzugekommen ist, der nicht mehr lebt, nicht mehr tut, nicht mehr verantwortet, handelt und verfügt, sondern träumt. Er träumt des Nachts, und oft auch bei Tage, und hat sich angewöhnt, seine Träume aufzuschreiben, und da das Aufschreiben eines Traumes das Vielfache an Zeit erfordert als das Träumen selbst, sind diese Traumliteraten nun ihr ganzes Leben lang überbeschäftigt; niemals kommen sie zu Rande, niemals können sie auch nur halb soviel aufschreiben, wie sie träumen, und wie sie zwischen Träumen und Aufschreiben doch immer einmal wieder dazu kommen, eine Mahlzeit einzunehmen oder sich einen Knopf anzunähen, ist beinah ein Wunder. Diese Traumliteraten oder Berufsträumer haben einen Teil, einen in gesunden Zeiten kleinen Teil des Lebens, eine Nebenfunktion des Schlafens, zur Hauptsache, zum Mittelpunkt und Beruf ihres Lebens gemacht. Wir wollen sie darin weder stören noch verlachen, obwohl wir gelegentlich lächeln oder die Achseln zucken, wir finden zwar das Tun dieser Menschen unfruchtbar, aber wir finden es auch harmlos und unschuldig, egoistisch zwar, aber auf eine kindliche Art, ein klein wenig verrückt zwar, so wie auch

jene wirklichkeitslosen Maler, so wie auch wir selber und die gesamte heutige Welt ein wenig verrückt sind, aber nicht auf böse und gefährliche Art. Der Mann, der einmal entdeckt hat, wie gut ein Glas Wein schmeckt, kann unter Umständen zum Trinker werden, indem er das Glas Wein zum Sinn und Mittelpunkt seines Lebens macht, oder der Mann, der einmal entdeckt hat, wie gesund und erfrischend rohe Gemüse schmecken können, kann unter Umständen darüber zum Berufs-Rohkostler und Gesundheitsfanatiker werden; auch dies sind verhältnismäßig harmlose Spezialitäten der Verrücktheit, und sie beweisen nichts gegen die Güte des Weines und gegen die Bekömmlichkeit der Salate. Das Richtige, so scheint uns, wäre, sowohl dem Glase Wein wie dem rohen Gemüse je und je seine Anerkennung darzubringen, sie aber nicht zur Achse werden zu lassen, um die sich unser Leben dreht.

So ist es auch mit dem Träumen und Traumbetrachten. Wir glauben nicht, daß es sich nach Gottes Willen wirklich zum Beruf und zur beherrschenden Hauptsache im Menschenleben eigne, aber wir konnten des öfteren entdecken, daß ein Zuwenig an Träumen und an Aufmerksamkeit für unsre Träume auch nicht das richtige sei. Nein, je und je müssen und wollen wir uns über diesen holden Abgrund beugen und ein wenig in seine Geheimnisse staunen, in seinen zerstückten Bilderfolgen Hinweise auf das Ganze und Wirkliche entdecken und uns beschenken lassen von den oft unsäglichen Schönheiten seiner Phantome.

Jahrzehnte schon sind vergangen, seit ich eine gewisse Übung in der Kunst besaß, meiner nächtlichen Träume mich zu erinnern, sie nachdenklich zu reproduzieren, zuzeiten sogar aufzuschreiben, und sie nach den damals erlernten Methoden um ihren Sinn zu befragen oder doch ihnen soweit nachzuspüren und zu lauschen, daß etwas wie Mahnung und Instinktschärfung sich daraus ergab, Warnung oder Ermutigung je nachdem, jedenfalls aber eine größere Vertrautheit mit den Traumbezirken, ein besserer Austausch zwischen Bewußtem und Unbewußtem, als man durchschnittlich besitzt. Das Kennenlernen einiger psychologischer Bücher und der praktischen Psychoanalyse selbst, das ich erlebt hatte, war mehr als nur eine Sensation gewesen, es war eine Begegnung mit wirklichen Mächten.

Aber wie es auch der intensivsten Bemühung um Wissen, der genialsten und packendsten Belehrung durch Mensch oder durch Bücher ergeht, so erging es mit den Jahren auch dieser Begegnung mit der Welt des Traumes und des Unbewußten: das Leben ging weiter, es stellte neue und immer neue Forderungen und Fragen, das Erschütternde und Sensationelle jener ersten Begegnung verlor an Neuheit und an Anspruch auf Hingabe, das Ganze des analytischen Erlebnisses konnte nicht als Selbstzweck weiter und weiter gepflegt werden, es wurde eingereiht, wurde teilweise vergessen oder doch durch neue Ansprüche des Lebens übertönt, ohne doch seine stille Wirksamkeit und Kraft je ganz zu verlieren, so wie etwa im Leben eines jungen Menschen die erste Lektüre von Hölderlin, Goethe, Nietzsche, das erste Kennenlernen des andern Geschlechtes, das erste Bewegtwerden

durch soziale und politische Mahnungen und Ansprüche einmal Vergangenheit und anderem Gut an Erlebnissen koordiniert werden muß.
Seither bin ich alt geworden, ohne daß die Fähigkeit, mich durch Träume ansprechen und zuweilen sanft belehren oder führen zu lassen, mich je wieder völlig verlassen hätte, aber auch ohne daß das Traumleben je wieder jene aktuelle Dringlichkeit und Wichtigkeit gewann, die sie einst eine Weile gehabt hatte. Seither wechseln bei mir Zeiten, in denen ich mich meiner Träume erinnere, mit solchen, in denen ich sie am Morgen spurlos vergessen habe. Immer wieder aber überraschen mich die Träume, und zwar die Träume anderer nicht weniger als meine eigenen, durch die Unermüdlichkeit und Unerschöpflichkeit ihrer schöpferischen Spielphantasie, durch ihre so kindliche wie geistreiche Kombinatorik, durch ihren oft hinreißenden Humor.
Ein gewisses Vertrautsein mit der Traumwelt und vieles Nachdenken über die künstlerische Seite der Traumkunst (die bisher von der Psychoanalyse, wie die Kunst überhaupt, noch nicht annähernd verstanden oder auch nur bemerkt worden ist) hat mich auch als Künstler beeinflußt. Ich habe das Spielerische in der Kunst immer gern gehabt und habe schon als Knabe und Jüngling häufig und mit großem Vergnügen, meistens nur für mich allein, eine Art von surrealistischer Dichtung betrieben, tue das auch heute noch, zum Beispiel in schlaflosen Morgenstunden, freilich ohne diese seifenblasenartigen Gebilde aufzuschreiben. Und bei diesen Spielen, und beim Nachdenken über die naiven Kunstgriffe des Traumes und die unnaiven der surrealistischen Kunst, deren Genuß

und deren Ausübung so viel Vergnügen macht und so wenig Anstrengung fordert, ist mir auch klar geworden, warum ich als Dichter auf die Ausübung dieser Art von Kunst verzichten müsse. Ich erlaube sie mir mit gutem Gewissen in der privaten Sphäre, ich habe Tausende von surrealistischen Versen und Sprüchen in meinem Leben gemacht und tue das noch immer, aber die Art von künstlerischer Moral und Verantwortlichkeit, zu der ich mit den Jahren gekommen bin, würde mir heute nicht mehr erlauben, diese Produktionsweise aus dem Privaten und Unverantwortlichen auf meine ernstgemeinte Produktion anzuwenden.

Aquarell

Heute gegen Mittag sah und fühlte ich es schon, daß es heute einen Mal-Abend geben würde. Es war ein paar Tage windig gewesen, abends immer kristallklar, morgens bedeckt, und nun war diese weiche, etwas graue Luft gekommen, diese sanfte träumende Verhüllung, oh, die kannte ich genau, und gegen Abend, wenn das Licht schräg fiel, würde es wunderschön werden. Es gab auch noch andere Mal-Wetter, natürlich, und schließlich konnte man bei jedem Wetter malen, schön war es immer, selbst bei Regen, selbst in der unheimlichen, glasigen Durchsichtigkeit eines Föhnvormittags, wenn man in einem Dorf, vier Stunden von hier, die Fenster zählen konnte. Aber Tage wie heute, das war etwas anderes und Besonderes, an diesen Tagen *konnte* man nicht malen, sondern *mußte* malen. Da blickte jedes Fleckchen Rot oder Ocker so klangvoll aus dem Grün, jeder alte Rebenpfahl mit seinem Schatten stand da so nachdenklich, schön und in sich versunken, und noch im tiefsten Schatten sprach jede Farbe klar und kräftig.

In meiner Kindheit kannte ich solche Tage in den Ferien. Da handelte es sich allerdings nicht ums Malen, sondern ums Angeln. Und auch angeln konnte man ja zur Not immer. Aber da gab es Tage mit einem gewissen Wind, einem gewissen Geruch, einer gewissen Feuchtigkeit, einer gewissen Art von Wolken und Schatten, da wußte ich schon am Morgen genau und gewiß, daß es heute nachmittag am untern Steg Barben geben würde und daß am Abend bei der Walkmühle die Barsche beißen würden. Die Welt hat sich seither verändert, und mein Leben auch, und die Freude und satte Glücksfülle eines solchen Angeltages in der Knabenzeit ist etwas Sagenhaftes und kaum mehr Glaubliches geworden. Aber der Mensch selbst ändert sich wenig, und irgendeine Freude, irgendein Spiel will er haben, und so habe ich heute statt des Angelns das Aquarellmalen, und wenn die Wetterzeichen einen schönen, guten Maltag versprechen, dann spüre ich im altgewordenen Herzen wieder einen fernen, kleinen Nachklang jener Knaben-Ferienwonne, jener Bereitschaft und Unternehmungslust, und alls in allem sind das dann meine guten Tage, deren ich von jedem Sommer eine Anzahl erwarte.

So ging ich denn am Spätnachmittag aus, den Rucksack mit dem Malzeug auf dem Rücken, den kleinen Klappstuhl in der Hand, an den Platz, den ich mir schon um Mittag ausgedacht hatte. Es ist ein steiler Abhang über unserem Dorfe, früher von dichtem

Kastanienwald bedeckt, im letzten Winter aber kahlgeschlagen, dort zwischen den noch ein wenig duftenden Baumstrünken hatte ich schon mehrmals gemalt. Von hier aus sah man die Ostseite unseres Dorfes, lauter dunkle, alte Dächer aus Holzziegeln, auch ein paar hellrote, neue, ein Gewinkel von nackten, unverputzten Mauern, überall Bäume und Gärtchen dazwischen, da und dort hing ein wenig weiße oder farbige Wäsche an der Luft. Jenseits die großen blauen Bergzüge, einer hinter dem andern, mit rosigen Spitzen und violetten Schattenzügen, rechts unten ein Stück See, jenseits winzig ein paar helle, schimmernde Dörfchen.

Nun hatte ich gegen 2 Stunden Zeit, während die Sonne langsam sank und das Licht über den Dächern und Mauern langsam wärmer, tiefer, goldener wurde. Ehe ich zu zeichnen begann, überblickte ich eine Weile das ganz vielfältige Tal bis zum See hinab, die fernen Dörfer, den Vordergrund mit den an der Schneide noch lichten Baumstümpfen, aus denen schon meterhohe, üppig grüne Seitensprossen trieben, dazwischen das rote, trockene Erdreich mit dem glimmerigen Gestein, mit den tief eingefressenen Wasserläufen aus der Regenzeit, und dann betrachtete ich unser Dorf, dies kleine, warme Genist von Mauern, Giebeln, Dächern, worin jede Linie und Fläche mir so lang und wohl bekannt ist, Formen, die ich manches Dutzendmal mit dem Auge studiert, mit dem Stift nachgezeichnet hatte. Ein großes Dach, früher dunkelbraun, mit Caput mortuum zu malen, war neu gedeckt; es war das Haus von Giovanni, mit dem breiten, offenen Söller unterm Dach, wo im Herbst die goldgelben Maiskolben aufgehängt werden. Da hat er nun sein ganzes großes Dach neu decken lassen! Vor einigen Monaten ist sein Vater gestorben, der älteste Mann im Dorf, nun hat er geerbt und ist reich und legt sich ins Zeug, verbessert und baut, streicht und malt. Und weiter hinten das Häuschen des kleinen Cavadini ist neu angemalt, wenigstens auf einer Seite. Er will heiraten, der kleine Kerl, und gegen den Garten hat er eine Tür herausgebrochen.

Ja, es muß Leute geben, die Häuser haben und Häuser bauen, die heiraten und Kinder in die Welt setzen, die am Abend vor ihren Türen sitzen und rauchen, am Sonntag in die Grotti gehen und Boccia spielen, und in den Gemeinderat gewählt werden. Alle diese Häuser und Hütten gehören irgendjemand, sind von jemand gebaut, jemand wohnt darin, ißt und schläft und sieht die Kinder heranwachsen, verdient oder macht Schulden. Und auch alle die Gärtchen und jeder Baum und jede Wiese, jeder Weinberg und Lorbeerstrauch und jedes Stückchen Kastanienwald gehört irgendeinem, wird verkauft, wird geerbt, macht Freude, macht Sorgen. In das große, neue Schulhaus geht die Jugend, lernt das Notwendigste, hat im Sommer drei Monate Ferien und geht dann tapfer und hungrig auf das Leben los, baut, heiratet, reißt Mauern ein, pflanzt Bäume, macht Schulden, schickt neue Kinder ins Schulhaus.

Was diese Menschen an ihren Häusern und Gärten sehen, das sehe ich nicht oder wenig davon. Daß Wasser im Keller ist und der Speicher voll Ratten, daß der Kamin nicht zieht und daß im Garten die Bohnen zu viel Schatten haben, das sehe ich alles nicht, es freut mich nicht, es macht mir keine Sorgen. Aber das, was ich hier an unserem Dorfe sehe, das sehen nun wieder die Leute nicht. Keiner sieht, wie die bleiche, bröcklige Kalkwand dort hinten den Ton des Blau aus dem Himmel herüberzieht und auf Erden weiterschwingen macht. Keiner sieht, wie sanft und warm das verschossene Rosa jenes Giebels zwischen dem wehenden Grün der Mimosen lächelt, wie feist und prall das dunkle Ockergelb am Hause der Adamini vor dem schweren Blau des Berges steht, und wie witzig die Cypresse im Garten des Sindaco das Laubgekräusel überschneidet. Keiner sieht, daß die Musik dieser Farben gerade in dieser Stunde ihre reinste, bestgespannte Stimmung hat, daß das Spiel der Töne, die Stufenfolge der Helligkeiten, der Kampf der Schatten in dieser kleinen Welt zu keiner Stunde die gleichen sind. Keiner sieht, wie unten in der bläulichen Muschel des Tales der abendliche Goldrauch einen dünnen Streifen zieht und die jenseitigen Berge tiefer in den Raum zurücktreibt. Und wenn es Menschen geben muß, welche Häuser bauen, Häuser einreißen, Wälder pflanzen, Wälder abhauen, Fensterläden anstreichen und Gärten besäen, dann wird es wohl auch einen Menschen geben müssen, der dies alles sieht, der all diesem Tun und Treiben ein Zuschauer ist, der diese Mauern und Dächer in sein Auge und Herz einläßt, der sie liebt, der sie zu malen versucht.

Ich bin kein sehr guter Maler, ich bin ein Dilettant; aber es gibt keinen einzigen Menschen, der in diesem weiten Tal die Gesichter der Jahreszeiten, der Tage und Stunden, der die Falten des Geländes, die Formen der Ufer, die launigen Fußwege im Grün so kennt und liebt und hegt wie ich, der sie so im Herzen hat und mit ihnen lebt. Dazu ist der Maler mit dem Strohhut da, mit seinem Rucksack und seinem kleinen Klappstuhl, der zu allen Zeiten diese Weinberge und Waldränder abstreift und belauert, über den die Schulkinder immer ein wenig lachen und der die anderen Leute zuweilen um ihre Häuser und Gärten, Frauen und Kinder, Freuden und Sorgen beneidet.

Ich habe ein paar Bleistiftstriche auf mein weißes Blatt gemacht, die Palette herausgeholt und Wasser eingeschenkt. Und nun setze ich mit einem Pinsel voll Wasser und wenig Neapelgelb den hellsten Fleck meines Bildchens hin; es ist der bestrahlte Giebel dort zuhinterst über dem fetten, saftigen Feigenbaum. Und jetzt weiß ich nichts mehr von Giovanni und nichts von Mario Cavadini und beneide sie nicht und kümmere mich um ihre Sorgen so wenig wie sie sich um die meinigen, sondern kämpfe mich gespannt und angestrengt durch die Grün, durch die Grau, wische naß über den fernen Berg, tupfe Rot zwischen das grüne Laub, tupfe Blau dazwischen, sorge mich sehr um den Schatten unter Marios rotem Dach, mühe mich um das Goldgrün des runden Maulbeerbaumes über der schattigen Mauer. Für diese Abendstunde, für diese kurze, glühende Malstunde am Hang über unserem Dorf bin ich dem Leben der anderen kein Beobachter und Zuschauer mehr, beneide es nicht, beurteile es nicht, weiß nichts von ihm, sondern bin in mein Tun verbissen und in mein Spiel verliebt genauso hungrig, genauso kindlich, genauso tapfer wie die anderen in das ihre.

Malerfreude

Äcker tragen Korn und kosten Geld,
Wiesen sind von Stacheldraht umlauert,
Notdurft sind und Habsucht aufgestellt,
Alles scheint verdorben und vermauert.

Aber hier in meinem Auge wohnt
Eine andre Ordnung aller Dinge,
Violett zerfließt und Purpur thront,
Deren unschuldvolles Lied ich singe.

Gelb zu Gelb, und Gelb zu Rot gesellt,
Kühle Bläuen rosig angeflogen!
Licht und Farbe schwingt von Welt zu Welt,
Wölbt und tönt sich aus in Liebeswogen.

Geist regiert, der alles Kranke heilt,
Grün klingt auf aus neugeborener Quelle,
Neu und sinnvoll wird die Welt verteilt,
Und im Herzen wird es froh und helle.

Sprache

Ein Mangel und Erdenrest, an dem der Dichter schwerer als an allen andern leidet, ist die Sprache. Zu Zeiten kann er sie richtig hassen, anklagen und verwünschen – oder vielmehr sich selbst, daß er zur Arbeit mit diesem elenden Werkzeug geboren ist. Mit Neid denkt er an den Maler, dessen Sprache – die Farben – vom Nordpol bis nach Afrika gleich verständlich zu allen Menschen spricht, oder an den Musiker, dessen Töne ebenfalls jede Menschensprache sprechen und dem von der einstimmigen Melodie bis zum hundertstimmigen Orchester, vom Horn bis zur Klarinette, von der Geige bis zur Harfe soviel neue, einzelne, fein unterschiedene Sprachen gehorchen müssen.

Um eines aber beneidet er den Musiker besonders tief und jeden Tag: daß der Musiker seine Sprache für sich allein hat, nur für das Musizieren! Der Dichter aber muß für sein Tun dieselbe Sprache benutzen, in der man Schule hält und Geschäfte macht, in der man telegraphiert und Prozesse führt. Wie ist er arm, daß er für seine Kunst kein eigenes Organ besitzt, keine eigene Wohnung, keinen eigenen Garten, kein eigenes Kammerfenster, um auf den Mond hinauszusehen – alles und alles muß er mit dem Alltag teilen! Sagt er »Herz« und meint damit das zuckende Lebendigste im Menschen, seine innigste Fähigkeit und Schwäche, so bedeutet das Wort zugleich einen Muskel. Sagt er »Kraft«, so muß er um den Sinn seines Wortes mit Ingenieur und Elektriker kämpfen, spricht er von »Seligkeit«, so schaut in den Ausdruck seiner Vorstellung etwas von Theologie mit hinein. Er kann kein einziges Wort gebrauchen, das nicht zugleich nach einer andern Seite schielte, das nicht im selben Atemzug mit an fremde, störende, feindliche Vorstellungen erinnerte, das nicht in sich selber Hemmungen und Verkürzungen trüge und sich an sich selber bräche wie an zu engen Wänden, von denen eine Stimme unausgeklungen und erstickt zurückkehrt.

Wenn also der ein Schelm ist, der mehr gibt als er hat, so kann ein Dichter niemals ein Schelm sein. Er gibt ja kein Zehntel, kein Hundertstel von dem, was er geben möchte, er ist ja zufrieden, wenn der Hörer ihn so ganz obenhin, so ganz von ferne, so ganz beiläufig versteht, ihn wenigstens im Wichtigsten nicht gröblich mißversteht. Mehr erreicht er selten. Und überall, wo ein Dichter Lob oder Tadel erntet, wo er Wirkung tut oder verlacht wird, wo man ihn liebt oder ihn verwirft, überall spricht man nicht von seinen Gedanken und Träumen selbst, sondern nur von dem Hundertstel, das durch den engen Kanal der Sprache und den nicht weiteren des Leserverständnisses dringen konnte.

Darum wehren sich auch die Leute so furchtbar, so auf Leben und Tod, wenn ein Künstler oder eine ganze Künstlerjugend neue Ausdrücke und Sprachen probiert und an ihren peinlichen Fesseln rüttelt. Für den Mitbürger ist die Sprache (jede Sprache, die er mühsam gelernt hat, nicht bloß die der Worte) ein Heiligtum. Für den Mitbürger ist alles ein Heiligtum, was gemeinsam und gemeinschaftlich ist, was er mit vielen, womöglich mit allen teilt, was ihn nie an Einsamkeit, an Geburt und Tod, an das innerste Ich erinnert. Die Mitbürger haben auch, wie der Dichter, das Ideal einer Weltsprache. Aber die Weltsprache der Bürger ist nicht wie die, die der Dichter träumt, ein Urwald von Reichtum, ein unendliches Orchester, sondern eine vereinfachte, telegraphische Zeichensprache, bei deren Gebrauch man Mühe, Worte und Papier spart und nicht am Geldverdienen gehindert wird. Ach, durch Dichtung, Musik und solche Dinge wird man immer am Geldverdienen gehindert!

Hat nun der Mitbürger eine Sprache gelernt, die er für die Sprache der Kunst hält, so ist er zufrieden, meint die Kunst zu verstehen und zu besitzen, und wird wütend, wenn er erfährt, daß diese Sprache, die er so mühsam gelernt hat, nur für eine ganz kleine Provinz der Kunst gültig sei. Zur Zeit unsrer Großväter gab es strebsame und gebildete Leute, die sich dazu durchgerungen hatten, in der Musik neben Mozart und Haydn auch Beethoven gelten zu lassen. So weit »gingen sie mit«. Aber als nun Chopin kam und Liszt und Wagner, und als man ihnen zumutete, nochmals und abermals eine neue Sprache zu lernen, nochmals revolutionär und jung, elastisch und freudig an etwas Neues heranzugehen, da wurden sie tief verdrossen, erkannten den Verfall der Kunst und die Entartung der Zeit, in der zu leben, sie verurteilt waren. So wie diesen armen Menschen geht es heut wieder vielen Tausenden. Die Kunst zeigt neue Gesichter, neue Sprachen, neue lallende Laute und Gebärden, sie hat es satt, immerzu die Sprache von gestern und vorgestern zu reden, sie will auch einmal tanzen, sie will auch einmal über die Schnur hauen, sie will auch einmal den Hut schief aufsetzen und im Zickzack gehen. Und die Mitbürger sind darüber wütend, fühlen sich verhöhnt und an der Wurzel in ihrem Wert angezweifelt, werfen mit Schimpfworten um sich und ziehen sich die Decke ihrer Bildung über die Ohren. Und derselbe Bürger, der wegen der leisesten Berührung und Beleidigung seiner persönlichen Würde zum Richter läuft, wird jetzt erfinderisch in furchtbaren Beleidigungen.

Gerade diese Wut und furchtlose Erregung befreit aber den Bürger nicht, entlädt und säubert sein Inneres nicht, hebt in keiner Weise seine innere Unruhe und Unlust. Der Künstler hingegen, der über den

Mitbürger nicht minder zu klagen hat als der über ihn, der Künstler nimmt sich die Mühe und sucht und erfindet und lernt für seinen Zorn, seine Verachtung, seine Erbitterung eine neue Sprache. Er fühlt, daß Schimpfen nichts hilft, und sieht, daß der Schimpfende im Unrecht ist. Da er nun in unsrer Zeit kein andres Ideal hat als das seiner selbst, da er nichts will und wünscht, als ganz er selbst zu sein und das zu tun und auszusprechen, was Natur in ihm gebraut und bereitgelegt hat, darum macht er aus seiner Feindschaft gegen die Mitbürger das möglichst Persönliche, das möglichst Schöne, das möglichst Sprechende, er spricht seinen Zorn nicht im Geifer heraus, sondern siebt und baut und zieht und knetet sich einen Ausdruck dafür zurecht, eine neue Ironie, eine neue Karikatur, einen neuen Weg, um Unangenehmes und Unlustgefühle in Angenehmes und Schönes zu verwandeln.

Wie unendlich viele Sprachen hat die Natur, und wie unendlich viele haben sich Menschen geschaffen! Die paar tausend simplen Grammatiken, die sich die Völker zwischen dem Sanskrit und dem Volapük gezimmert haben, sind verhältnismäßig ärmliche Leistungen. Sie sind ärmlich, weil sie sich immer mit dem Notwendigsten begnügten – und das, was Mitbürger untereinander für das Notwendigste halten, ist immer Geldverdienen, Brotbacken und dergleichen. Dabei können Sprachen nicht gedeihen. Nie hat eine menschliche Sprache (ich meine Grammatik) halbwegs den Schwung und Witz, den Glanz und Geist erreicht, den eine Katze in den Windungen ihres Schweifes, ein Paradiesvogel im Silbergestäube seiner Hochzeitskleider verschwendet.

Dennoch hat der Mensch, sobald er er selbst war und nicht die Ameisen oder Bienen nachzuahmen strebte, den Paradiesvogel, die Katze und alle Tiere oder Pflanzen übertroffen. Er hat Sprachen ersonnen, die unendlich viel besser mitteilen und mitschwingen lassen als Deutsch, Griechisch oder Italienisch. Er hat Religionen, Architekturen, Malereien, Philosophien hingezaubert, hat Musik geschaffen, deren Ausdrucksspiel und Farbenreichtum weit über alle Paradiesvögel und Schmetterlinge geht. Wenn ich denke »Italienische Malerei« – wie klingt das reich und tausendfach, Chöre voll Andacht und Süßigkeit, Instrumente jeder Art tönen selig auf, es riecht nach frommer Kühle in marmornen Kirchen, Mönche knien inbrünstig und schöne Frauen herrschen königlich in warmen Landschaften. Oder ich denke »Chopin«: Töne perlen sanft und wehmütig aus der Nacht, einsam klagt Heimweh in der Fremde beim Saitenspiel, feinste, persönlichste Schmerzen sind in Harmonien und Dissonanzen inniger und unendlich viel richtiger und feiner ausgedrückt als der Zustand eines anderen Leidenden durch alle wissenschaftlichen Worte, Zahlen, Kurven und Formeln ausgedrückt werden kann.

Wer glaubt im Ernst daran, daß der Werther und der Wilhelm Meister in derselben Sprache geschrieben seien? Daß Jean Paul dieselbe Sprache gesprochen habe wie unsere Schullehrer? Und das sind bloß Dichter! Sie mußten mit der Armut und Sprödigkeit der Sprache, sie mußten mit einem Werkzeug arbeiten, das für ganz anderes gemacht war.

Sprich das Wort »Ägypten« aus, und du hörst eine Sprache, die Gott in mächtigen, ehernen Akkorden preist, voll Ahnung des Ewigen und voll tiefer Angst vor der Endlichkeit: Könige schauen aus steinernen Augen unerbittlich über Millionen Sklaven hinweg und sehen über alle und alles hinweg doch immer nur dem Tod ins dunkle Auge – heilige Tiere starren ernst und erdhaft – Lotosblumen duften zart in den Händen von Tänzerinnen. Eine Welt, ein Sternhimmel voll Welten ist allein dies »Ägypten«, du kannst dich auf den Rücken legen und einen Monat lang über nichts anderes phantasieren als darüber. Aber plötzlich fällt dir etwas anderes ein. Du hörst den Namen »Renoir« und lächelst und siehst die ganze Welt in runde Pinselbewegungen aufgelöst, rosig, licht und freudig. Und sagst »Schopenhauer« und siehst dieselbe Welt dargestellt in Zügen leidender Menschen, die in schlaflosen Nächten sich das Leid zur Gottheit machten und mit ernsten Gesichtern eine lange, harte Straße wallen, die zu einem unendlich stillen, unendlich bescheidenen, traurigen Paradiese führt. Oder es fällt dir der Klang »Walt und Vult« ein, und die ganze Welt ordnet sich wolkig und jeanpaulisch-biegsam um ein deutsches Spießernest, wo die Seele der Menschheit in zwei Brüder gespalten, unbekümmert durch den Angsttraum eines schrulligen Testamentes und die Intrigen eines toll wimmelnden Philister-Ameisenhaufens wandelt.

Gern vergleicht der Bürger den Phantasten mit dem Verrückten. Der Bürger ahnt richtig, daß er selbst sofort wahnsinnig werden müßte, wenn er sich so wie der Künstler, der Religiöse, der Philosoph auf den Abgrund in seinem eigenen Inneren einließe. Wir mögen den Abgrund Seele nennen oder das Unbewußte oder wie immer, aus ihm kommt jede Regung

unsres Lebens. Der Bürger hat zwischen sich und seiner Seele einen Wächter, ein Bewußtsein, eine Moral, eine Sicherheitsbehörde gesetzt, und er anerkennt nicht, was direkt aus jenem Seelenabgrund kommt, ohne erst von jener Behörde abgestempelt zu sein. Der Künstler aber richtet sein ständiges Mißtrauen nicht gegen das Land der Seele, sondern eben gegen jede Grenzbehörde, und geht heimlich aus und ein zwischen Hier und Dort, zwischen Bewußt und Unbewußt, als wäre er in beiden zu Hause.
Weilt er diesseits, auf der bekannten Tagesseite, wo auch der Bürger wohnt, dann drückt die Armut aller Sprachen unendlich auf ihn, und Dichter zu sein, scheint ihm ein dorniges Leben. Ist er aber drüben, im Seelenland, dann fließt Wort um Wort ihm zauberhaft aus allen Winden zu, Sterne tönen und Gebirge lächeln, und die Welt ist vollkommen und ist Gottes Sprache, darin kein Wort und Buchstabe fehlt, wo alles gesagt werden kann, wo alles klingt, wo alles erlöst ist.

Der erste Blick, zu dem ein Neugeborener die Augen aufschlägt, das erste Schrittchen, das er wagt, die erste Ahnung vom Schönen, die in einem kleinen Knaben beim Entdecken der Spiegelbilder im Wasser oder beim Erlauschen des Orgelspiels in einer nahen Kirche erwacht, das erste Entzücken eines werdenden Dichters über die Möglichkeit, mittels der Sprache Musik zu machen – diese und andre Erlebnisse und Entdeckungen sind alle schon vorher von tausend Vorgängern erlebt und entdeckt worden, und verlieren dadurch nicht das mindeste an Wert und Wucht und schöpferischer Aktivität.... Wichtig... ist nicht, ob [ein Gedanke] etwa auch vor Ihnen schon gedacht worden sei, sondern daß er Ihnen zum erweckenden Erlebnis wurde.

Sprachgeschmack und Sprachgehör

Für den wirklichen Menschen, den heilen, ganzen, unverkrüppelten, rechtfertigt sich die Welt, rechtfertigt sich Gott unaufhörlich durch solche Wunder wie dies, daß es außer dem Kühlerwerden am Abend und dem erreichten Ende der Arbeitszeit auch noch so etwas gibt wie das Erröten der abendlichen Atmosphäre und die zauberisch gleitenden Übergänge vom Rosa ins Violett, oder daß es so etwas gibt wie die Verwandlung eines Menschengesichtes, wenn es in tausend Übergängen gleich dem Abendhimmel überflogen wird vom Wunder des Lächelns, oder daß es so etwas gibt wie die Räume und die Fenster eines Domes, daß es so etwas gibt wie die Ordnung der Staubgefäße im Blumenkelch, etwas wie die aus Brettchen gebaute Violine, etwas wie die Tonleiter, und etwas so Unbegreifliches, Zartes, aus Natur und Geist Geborenes, Vernünftiges und zugleich Übervernünftiges und Kindliches wie die Sprache. Ihre Schönheiten und Überraschungen, ihre Rätsel, ihre scheinbare Ewigkeit, die sie dennoch nicht entfernt und abdichtet von den Anfälligkeiten, Krankheiten, Gefahren, denen alles Menschliche ausgesetzt ist – das macht sie für uns, ihre Diener und Schüler, zu einer der geheimnisvollsten und ehrwürdigsten Erscheinungen auf Erden.

Und nicht nur daß jedes Volk oder jede Kulturgemeinschaft sich die ihren Herkünften entsprechende und zugleich ihren noch unausgesprochenen Zielen dienende Sprache geschaffen hat, nicht nur daß ein Volk die Sprache des andern lernen, bewundern, belächeln und dennoch niemals ganz und völlig verstehen kann! Nein, es ist auch für jeden einzelnen Menschen, sofern er nicht in einer noch sprachlosen Vorwelt oder in einer zu Ende mechanisierten und damit wieder sprachlos gewordenen Wirklichkeit lebt, die Sprache ein persönliches Eigentum, es haben für jeden Sprachempfänglichen, also für jeden heilen und unzerstückelten Menschen die Worte und Silben, die Buchstaben und Formen, die Möglichkeiten der Syntax ihren besonderen, nur ihm eigenen Wert und Sinn, es kann jede echte Sprache von jedem für sie und mit ihr Begabten auf ganz persönliche und einmalige Weise empfunden und erlebt werden, auch wenn er nichts davon weiß. So wie es Musiker gegeben hat, denen gewisse Instrumente oder gewisse Stimmlagen besonders lieb oder auch besonders verdächtig oder unvertraut waren, so haben die meisten Menschen, sofern sie überhaupt einen Sprachsinn haben, zu gewissen Worten und Klängen, gewissen Vokalen oder Buchstabenfolgen eine eigene Hinneigung, während sie andere eher meiden, und wenn jemand einen bestimmten Dichter besonders liebt oder ablehnt, dann hat daran auch dieses Dichters Sprachgeschmack und Sprachgehör seinen Anteil, welche dem seiner Leser verwandt oder fremd sind. Ich könnte zum Beispiel eine ganze Menge von Versen und Gedichten nennen, welche ich durch Jahrzehnte geliebt habe und liebe, nicht ihres Sinnes, nicht ihrer Weisheit, nicht ihres

Gehaltes an Erfahrung, Güte, Größe wegen, sondern einzig wegen eines bestimmten Reimes, wegen einer bestimmten rhythmischen Abweichung vom überkommenen Schema, wegen einer bestimmten Auswahl der bevorzugten Vokale, welche der Dichter ebenso unbewußt getroffen haben kann wie der Leser sie unbewußt übt. Man kann aus Bau und Rhythmus eines Prosasatzes von Goethe oder Brentano, von Lessing oder E. Th. A. Hoffmann über das Charakteristische, über die leibliche und seelische Veranlagung des Dichters oft weit mehr schließen als aus dem, was dieser Prosasatz aussagt. Es gibt Sätze, die bei jedem beliebigen Dichter stehen könnten, und andre, die überhaupt nur bei einem einzigen wohlbekannten Sprachmusikanten möglich waren.
Für unsereinen sind die Wörter dasselbe, was für den Maler die Farben auf der Palette sind. Es gibt ihrer zahllose, und es entstehen ihrer immer neue, aber die guten, die echten Worte sind weniger zahlreich, und ich habe es in siebzig Jahren nicht erlebt, daß ein neues entstanden wäre. Auch der Farben sind es ja nicht beliebig viele, wennschon ihre Abtönungen und Mischungen nicht zu zählen sind.

Was sind wir, solang wir dem Werk dienen, für geduldige, zähe und unermüdliche Schwerarbeiter, wir Literaten, wie plagen wir uns, und am meisten und geduldigsten grade um das, was die Leser gar nicht merken und was dem Erfolg unsrer Bücher mehr schadet als nützt, um das, was im Grunde nur für ein paar Kollegen und für die paar Jahrzehnte

»Ewigkeit« vorhanden ist! Es ist, als sei die Sprache eine Mutter oder Ahnherrin und wir Dichter ihre treuen und beflissenen Diener, Bewahrer, Erneuerer, ihr Leben mitlebend, ihre Sorgen teilend, ihr Wohlsein und Kranksein beobachtend und betreuend, sie zu immer neuen Versuchen und Spielen ermunternd. Sie, die Sprache, die unser Werkzeug und Gehilfe zu sein scheint, ist in Wahrheit unsre Herrin; einer Laune, eines kleinen Versuches wegen, den sie vielleicht morgen wieder vergißt, beschäftigt sie hundert Geister und Hände, und wir alle haben den Ehrgeiz, ihren Regungen und Anregungen zu folgen, ihr zu dienen und zur Verfügung zu stehen, sie vielleicht einen Augenblick lächeln oder lachen zu machen.
Zwischen dem Ehrgeiz des Künstlers, der es den Besten unter den Kollegen aller Zeiten gleichtun möchte, und dem Ehrgeiz des nach Erfolg, nach Erobern der Menge Zielenden ist der Unterschied nicht sehr groß. Aber der Unterschied zwischen einem schönen und einem gemeinen Mund, einer edlen und einer Alltagsnase ist ja auch nicht groß, es geht um Millimeter und weniger. Nehmen wir ruhig den winzig kleinen Unterschied weiterhin ernst!

Was Ihnen an der Sprache mangelhaft und im Grunde erbärmlich erscheint, die Begrenztheit ihrer Ausdrucksmittel, das gerade ist für den Dichter der große Anreiz zu seinen Bemühungen und Spielen. Mit der komplizierten Maschinerie einer Fabrik irgend einen Gebrauchsgegenstand herzustellen ist leicht; mit seinen beiden Händen und ein paar Hölzchen aus Ton einen Kopf zu modellieren, ist schwer. So hat die Sprache sich für Physik und Chemie, für Politik und Industrie immer neue, zum Teil sehr rasch veraltende Vokabulare geschaffen, für den Dichter aber gibt es diese Art Wörterbücher nicht, er kann die Sprache nicht als normierte Apparatur benützen, sondern muß mit ihr ringen, Bündnisse mit ihr schließen, ihr schmeicheln, ihr trauen und mißtrauen, kurz: mit und in ihr leben und atmen.

»Unsre Sprache taugt nicht viel«, sagen Sie, und das ist ebenso richtig oder falsch wie wenn man sagt: der Mensch taugt nicht viel. Es ist erschreckend richtig und ist wohltuend falsch. Es wird mir und wird Ihnen nichts schaden, über diese Widersprüche und Ambivalenzen nachzudenken.

Wir sehen jedes Jahr Tausende und Tausende von Kindern in die erste Schulklasse gehen, die ersten Buchstaben malen, die ersten Silben entziffern, und sehen immer wieder, wie für den Großteil dieser Kinder das Lesenkönnen sehr rasch etwas Selbstverständliches und Ungeschätztes wird, während andere von Jahr zu Jahr und Jahrzehnt zu Jahrzehnt bezauberter und erstaunter von dem Zauberschlüssel Gebrauch machen, den die Schule ihnen mitgegeben hat. Denn wenn auch heute das Lesenlernen jedem zuteil wird, so merken doch immer nur wenige, was für ein mächtiger Talisman ihnen da in die Hand gedrückt wurde. Das Kind, stolz auf seine junge Buchstabenkenntnis, erobert sich die Lektüre eines Verses oder Spruches, dann die Lektüre einer ersten kleinen Geschichte, eines ersten Märchens, und während die Nichtberufenen ihr Lesenkönnen bald nur noch an dem Nachrichten- oder Handelsteil ihrer Zeitungen erproben, bleiben die Wenigen noch immer von dem sonderbaren Wunder der Buchstaben und Worte behext (deren ja jedes einst ein Zauber, eine magische Formel gewesen ist). Aus diesen Wenigen werden die Leser. Sie entdecken als Kinder ein paar Gedichte und Geschichten, einen Vers von Claudius oder eine Erzählung von Hebel oder Hauff im Lesebuch, und statt nach erlangter Lesefertigkeit diesen Dingen den Rükken zu kehren, dringen sie weiter in die Welt der Bücher vor und entdecken Schritt für Schritt, wie weit, wie mannigfaltig und beglückend diese Welt ist! Sie haben diese Welt anfangs für einen hübschen kleinen Kindergarten mit einem Tulpenbeet und einem kleinen Goldfischweiher gehalten, nun wird der Garten zum Park, er wird zur Landschaft, zum Erdteil, zur Welt, wird Paradies und Elfenbeinküste, lockt mit immer neuen Zaubern, blüht in immer neuen Farben. Und was gestern ein Garten oder Park oder Urwald schien, das wird heute oder morgen als Tempel erkannt, als Tempel mit tausend Hallen und Höfen, in welchen der Geist aller Völker und Zeiten gegenwärtig ist, der immer neuen Erweckung harrend, immer wieder bereit, die vielstimmige Mannigfaltigkeit seiner Erscheinungsformen als Einheit zu erleben. Und für jeden echten Leser sieht diese unendliche Welt der Bücher anders aus, jeder sucht und erlebt in ihr auch noch sich selbst. Der eine tastet sich vom Kindermärchen und Indianerbuch bis zu Shakespeare oder zu Dante weiter, der andere vom ersten Schulbuchaufsatz über den Sternenhimmel bis zu

Kepler oder zu Einstein, der dritte vom frommen Kindergebet bis in die heilig-kühlen Gewölbe des heiligen Thomas oder des Bonaventura, oder zu den sublimen Verstiegenheiten des talmudischen Denkens, oder zu den frühlingshaften Gleichnissen der Upanishaden, zu der rührenden Weisheit der Chassidim oder den lapidaren und dabei so freundlichen, so gutartigen und heiteren Lehren des alten China. Tausend Wege führen durch den Urwald, zu tausend Zielen, und kein Ziel ist das letzte, hinter jedem gehen neue Weiten auf.

Schreiben und Schriften

Wenn ein kleiner Knabe in der Schule Buchstaben und Wörter schreibt, tut er es nicht freiwillig, will auch mit seinem Schreiben niemandem etwas sagen, und ist überdies bestrebt, seine Gebilde einem unerreichbaren aber mächtigen Ideal anzunähern: den schönen, makellosen, korrekten, vorbildlichen Buchstaben, die der Lehrer mit unbegreiflicher, schrecklicher und doch tief bewunderter Vollkommenheit an die Wandtafel gezaubert hat. »Vorschrift« nennt sich das, und gehört zu den vielen anderen Vorschriften moralischer, ästhetischer, denkerischer, politischer Art, zwischen deren Befolgung und Mißachtung unser Leben und Gewissen spielt und kämpft, deren Mißachtung uns oft sehr froh machen und Erfolg bedeuten kann, deren Befolgung aber, man plage sich wie man wolle, immer nur eine mühsame und schüchterne Annäherung an das ideale Vorbild auf der Wandtafel sein kann. Die Schrift des

Knaben wird ihn selbst enttäuschen und den Lehrer auch im besten Fall nie ganz befriedigen.
Wenn derselbe Schüler, solange er sich nicht beobachtet weiß, mit seinem kleinen, schlecht geschliffenen Taschenmesser seinen Namen in das alte spröde Holz der Schulbank zu schnitzen oder kratzen sucht – eine langwierige aber schöne Arbeit, mit der er schon seit Wochen in günstigen Augenblicken beschäftigt ist –, dann ist das ein ganz anderes Tun. Es ist freiwillig, es ist lustvoll, ist heimlich und verboten, hat keine Regeln einzuhalten und keine Kritik von oben zu befürchten, hat auch etwas zu sagen, etwas Wahres und Wichtiges zu sagen, nämlich die Existenz und den Willen des Knaben kundzugeben und für immer festzuhalten. Überdies ist es ein Kampf und, wenn es gelingt, ein Sieg und Triumph, das Holz ist hart und hat noch härtere Fasern, es setzt dem Messer lauter Widerstände und Schwierigkeiten entgegen, und das Messer ist kein ideales Werkzeug, die Klinge schon etwas wacklig, die Spitze splittrig, die Schneide nicht mehr scharf. Eine große Erschwerung liegt auch darin, daß dies so geduldige wie kühne Arbeiten nicht nur vor den Augen des Lehrers verborgen, daß die Geräusche des Schneidens, Stechens und Kratzens auch seinen Ohren verheimlicht werden müssen. Das schließliche Ergebnis dieses zähen Kampfes wird etwas völlig anderes sein als die mit unlustigen Buchstaben bedeckten Zeilen im papiernen Heft. Es wird hundertmal wieder betrachtet, wird Quelle der Freude, der Genugtuung, des Stolzes sein. Es wird dauern und kommenden Geschlechtern von Friedrich und Emil künden, ihnen Anlaß zum Raten und Nachdenken geben und ihnen Lust machen, Ähnliches zu unternehmen.

Viele Handschriften habe ich mit den Jahren kennengelernt. Ich bin kein Schriftkundiger, doch hat mir das graphische Bild von Briefen und Manuskripten meistens etwas gesagt und bedeutet. Es gibt da Typen und Kategorien, die man nach einiger Erfahrung sofort erkennt, oft sogar schon an der Adresse auf dem Briefumschlag. Ähnlich wie die Handschriften von Schulkindern haben zum Beispiel die von Bettelbriefen eine unverkennbare Verwandtschaft und Gleichförmigkeit. Die Leute, die nur einmal und in dringender Not etwas erbitten, schreiben ganz anders als jene, denen das Schreiben von Bettelbriefen eine ständige Gewohnheit, ja ein Beruf geworden ist. Nur selten habe ich mich da getäuscht. Ach, und die wackligen Zeilen der schwer Behinderten, der Halbblinden, der Gelähmten, der im Spitalbett Liegenden mit bedenklicher Fieberkurve überm Kopfkissen! In ihren Briefen spricht das Zittern oder Schaukeln oder Hintaumeln der Wörter und Zeilen manchmal stärker, deutlicher und herzbeklemmender als der berichtende Inhalt. Und umgekehrt: wie beruhigend und freundlich sprechen Briefe mich an, in denen ganz alte Menschen noch einer heilen, festen, kräftigen und frohen Handschrift fähig sind! Sie kommen sehr selten, die Briefe dieser Art, aber es gibt sie, auch noch von Neunzigjährigen.

Von den vielen Schriften, die mir wichtig oder lieb wurden, war die merkwürdigste, keiner andern auf Erden ähnliche die von Alfred Kubin. Sie war ebenso unleserlich wie schön. Solch ein Briefblatt war bedeckt mit einem dichten, anregenden, graphisch höchst interessanten Netz von Strichen, dem vielversprechenden Gekritzel eines genialen Zeichners. Ich

glaube nicht, daß ich jemals in einem Kubin-Brief jede Zeile habe entziffern können, auch meiner Frau ist das nie gelungen. Wir waren zufrieden, wenn uns zwei Drittel oder gar drei Viertel des Inhalts lesbar wurden. Und jedesmal mußte ich beim Anblick solcher Blätter an Stellen in Streichquartetten denken, wo durch manche Takte alle Viere kräftig und wie berauscht drauflos und durcheinander kratzen, bis wieder die Linie, der rote Faden deutlich wird.
Viele schöne und wohltuende Handschriften sind mir vertraut und teuer geworden, ich notiere nur die goethisch-klassische von Carossa, die kleine, flüssige und kluge von Thomas Mann, die schöne, sorgfältige, schlanke von Freund Suhrkamp, die nicht ganz leicht lesbare, aber charaktervolle von Richard Benz. Wichtiger freilich und teurer wurden mir die Schriften meiner Eltern. So vogelfluggleich, so mühelos, so völlig gelöst und flüssig dahineilend und dabei so gleichmäßig und deutlich habe ich niemanden schreiben sehen wie meine Mutter, es fiel ihr leicht, die Feder lief von selber, es machte ihr und machte jedem Leser Vergnügen. Der Vater bediente sich nicht der deutschen Schrift wie die Mutter, er schrieb römisch, war auch ein Latein-Liebhaber, seine Schrift war ernst, sie flog und hüpfte nicht, floß nicht wie ein Bach oder Brunnen, die Worte waren genau voneinander getrennt, man spürte die Pausen des Nachdenkens und der Wortwahl. Die Art, wie er seinen Namen schrieb, nahm ich mir schon in früher Jugend zum Vorbild.
Die Graphologen haben eine wunderbare Technik der Schriftdeutung erfunden und beinah bis zu Exaktheit vervollkommnet. Ich habe diese Technik nicht stu-

diert oder gar erlernt, sah sie aber in vielen, oft schwierigen Fällen sich bewähren, und entdeckte nebenbei, daß zuweilen die Charaktere von Graphologen nicht auf der Höhe ihrer Verdienste um die Einsicht in menschliche Seelen standen. Es gibt übrigens auch gedruckte, auf Holz, Pappe oder Metall schablonierte oder in Emailschildern zur Dauer verurteilte Buchstaben und Zahlzeichen, die zu deuten wenig Mühe macht. Auf amtlichen Kundgebungen, auf Verbottafeln, auf Email-Nummernschildern in Eisenbahnwagen habe ich zuweilen Buchstaben und Zahlen bestaunt so blutlos, so schlecht, so ohne Liebe, ohne Leben, ohne Spiel, ohne Phantasie und Verantwortung erfunden und erquält, daß sie noch in der Vervielfältigung, im Blech oder Porzellan schamlos die Psychologie ihrer Erfinder verrieten.
Ich nannte sie blutlos, denn beim Anblick solcher Miß-Schriften fiel mir immer der Spruch aus einem berühmten Buche ein, den ich in meiner Jugend gelesen und der mich damals sehr gepackt und bezaubert hatte. Des Wortlauts bin ich nicht mehr ganz sicher, meine aber es sei dieser gewesen: »Von allem Geschriebenen liebe ich am meisten, was einer mit seinem Blute schreibt.« Jenen amtlichen Buchstabengespenstern gegenüber war ich dann immer ein wenig geneigt, dem schönen Spruch eines Einsamen und Leidenden wieder zuzustimmen. Doch tat ich das nur für Augenblicke. Der Spruch, und ebenso meine jugendliche Bewunderung für ihn, stammte aus einer unblutigen und unheroischen Zeit, über deren Schönheit und Adel die in ihr Lebenden weit weniger im klaren waren als einige Jahrzehnte später. Wir haben dann lernen müssen, daß die Preisung des Blutes auch

eine Schmähung des Geistes sein kann und daß die Leute mit der rhetorischen Begeisterung für das Blut meistens nicht ihr eigenes, sondern das Blut anderer Leute meinen.

Es schreibt aber nicht nur der Mensch. Es kann auch ohne Hände, ohne Feder, Pinsel, Papier und Pergament geschrieben werden. Es schreibt der Wind, das Meer, der Fluß und Bach, es schreiben die Tiere, es schreibt die Erde, wenn sie irgendwo die Stirn runzelt und damit einem Strom den Weg sperrt, ein Stück Gebirge oder eine Stadt wegfegt. Doch ist es freilich nur der Menschengeist, der alles von scheinbar blinden Kräften Gewirkte als Schrift, als objektivierten Geist also, anzusehen geneigt und fähig ist. Vom zierlichen Vogeltritt Mörikes bis zum Lauf des Nils oder Amazonas und des starren, unendlich langsam seine Formen verändernden Gletschers mag jeder Vorgang in der Natur von uns als Geschriebenes, als Ausdruck, als Gedicht, Epos, Drama empfunden werden. Es ist dies die Art der Frommen, der Kinder und Dichter, auch der echten Gelehrten, aller Diener des »sanften Gesetzes«, wie Stifter es genannt hat. Sie suchen nicht wie die Gewalt- und Herrenmenschen die Natur auszubeuten und zu vergewaltigen, sie beten auch nicht angstvoll deren Riesenkräfte an, sie möchten schauen, erkennen, staunen, verstehen, lieben. Ob ein Dichter dem Ozean oder den Alpen in Hymnen huldigt, ob ein Insektenforscher im Mikroskop das Netz kristallener Linien auf dem Flügel des winzigsten Glasflüglers beobachtet, es ist stets der gleiche Trieb und der gleiche Versuch, Natur und Geist als Brüder zusammenzubringen. Dahinter steht immer, ob bewußt oder nicht, etwas wie ein Glaube, etwas wie eine Gottesvorstellung, nämlich die Annahme, es werde das Ganze der Welt von einem Geist, einem Gott, einem Gehirn, dem unsern ähnlich, getragen und gesteuert. Die Diener des sanften Gesetzes machen sich die Erscheinungswelt dadurch verwandt und lieb, daß sie sie als Schrift, als Kundgebung des Geistes betrachten, einerlei, ob sie sich diesen Weltgeist als nach ihrem Bilde geschaffen denken oder umgekehrt.

Seid gepriesen, wunderbare Schriften der Natur, unbeschreiblich schön in der Unschuld eurer Kinderspiele, unbeschreiblich und unbegreiflich schön und groß auch in der Unschuld des Vernichtens und Tötens! Kein Pinsel keines Malers hat je so spielerisch, so liebevoll, so gefühlig und zärtlich die Leinwand gestreichelt wie der Sommerwind, wenn er das hohe wallende Gras oder das Haberfeld zu liebkosen, zu kämmen und zu zausen gelaunt ist oder mit taubenfederfarbenen Wölkchen spielt, daß sie wie in Reigen schweben und das Licht ihre zu Hauch verdünnten Ränder in winzigen Regenbögen von Sekundendauer entzündet. Wie spricht Vergänglichkeit und Flüchtigkeit allen Glückes, aller Schönheit in diesen Zeichen uns mit ihrem Zauber, ihrer sanften Trauer an, Schleier der Maya, wesenlos und zugleich Bestätigung allen Wesens!

Und wie der Graphologe die Schrift eines Humanisten, eines Geizkragens, eines Verschwenders, eines Draufgängers, eines Behinderten liest und deutet, so liest und versteht der Hirt und Jäger die Spuren des Fuchses, des Marders, des Hasen, erkennt seine Art und Familie, stellt fest, ob er sich wohl befinde und alle vier Pfoten unbehindert spielen, ob Wunden oder

Alter ihm den Lauf erschweren, ob er müßig schlendert oder es eilig hatte.
Auf Grabsteinen, Denkmälern und Ehrentafeln schrieb Menschenhand mit sorgfältigem Meißel Namen, Preisungen und Zahlen der Jahrhunderte und Jahre. Ihre Botschaft reicht zu Kindern, Enkeln und Urenkeln, zuweilen noch viel weiter. Langsam wäscht am harten Stein der Regen, langsam ziehen die Spuren und Hinterlassenschaften von Vögeln, von Schnekken, von weither gewehtem Staub ihre Schicht als stumpfe Trübung über die Flächen, haften in den vertieften Runen, mildern ihre glatten klaren Formen und rüsten den Übergang des Menschenwerks in Werke der Natur, bis Algen und Moose sie überziehen und der schönen Unsterblichkeit den sanften langsamen Tod bereiten. In Japan, das einst ein vorbildlich frommes Land war, modern in tausend Wäldern und Schluchten unzählige Bildwerke, von Künstlern geschaffen, schöne heiterstille Buddhas, schöne gütige Kwannons, schöne ehrfürchtige Zen-Mönche in allen Zuständen des Verwitterns, des Hinüberschlummerns ins Gestaltlose, tausendjährige Steingesichter mit hundertjährigen Bärten und Locken aus Moos, aus Gras, aus Blumen und struppigem Gesträuch. . . .
Alles Geschriebene erlischt in kurzer oder langer Zeit, in Jahrtausenden oder Minuten. Alle Schriften und aller Schriften Erlöschen liest der Weltgeist und lacht. Für uns ist es gut, einige von ihnen gelesen zu haben und ihren Sinn zu ahnen. Der Sinn, der sich aller Schrift entzieht und ihr dennoch innewohnt, ist immer einer und derselbe. . . .
Man kann die Vokabeln anders wählen und die Satz-

gefüge anders anlegen und verschränken, die Farben auf der Palette anders ordnen und verwenden, den harten Stift nehmen oder den weichen – zu sagen, gibt es immer nur eines, das Alte, das Oftgesagte, Oftversuchte, das Ewige. Interessant ist jede Neuerung, spannend jede Revolution in Sprachen und Künsten, entzückend alle die Spiele der Artisten. Was sie damit sagen wollen, was sagenswert doch nie ganz sagbar ist, bleibt ewig eins.

Eines Menschen Leben und eines Dichters Werk wächst aus hundert und tausend Wurzeln und nimmt, solang es nicht abgeschlossen ist, hundert und tausend neue Beziehungen und Verbindungen auf, und wenn es einmal geschähe, daß ein Menschenleben von seinem Beginn bis zum Ende aufgeschrieben würde samt allen diesen Verwurzelungen und Verflechtungen, so würde das ein Epos ergeben, so reich wie die ganze Weltgeschichte. Wer alt geworden ist und darauf achtet, der kann beobachten, wie trotz dem Schwinden der Kräfte und Potenzen ein Leben noch spät und bis zuletzt mit jedem Jahr das unendliche Netz seiner Beziehungen und Verflechtungen vergrößert und vervielfältigt und wie, solange ein Gedächtnis wach ist, doch von all dem Vergänglichen und Vergangenen nichts verloren geht.

Auf das Können kam es an in der Kunst! Mochte man sagen, was man wollte, es war nur das Können, die Potenz, oder meinetwegen das Glückhaben, was in der Kunst entschied! Oft hatte ich ja selbst das Gegenteil gedacht und behauptet, daß es nicht darauf ankomme, was ein Mensch könne und wie virtuos er seine Kunst betreibe, sondern bloß darauf, ob er wirklich etwas in sich trage und wirklich etwas zu sagen habe. Dummes Zeug! Jeder Mensch hatte etwas in sich, jeder hatte etwas zu sagen. Aber es nicht zu verschweigen und nicht zu stammeln, sondern es auch wirklich zu sagen, sei es nun mit Worten oder mit Farben oder mit Tönen, darauf einzig kam es an! Eichendorff war kein großer Denker, und Renoir war vermutlich kein außerordentlich tiefer Mensch, aber sie hatten ihre Sache gekonnt! Sie hatten das, was sie zu sagen hatten, sei es nun viel oder wenig, vollkommen zum Ausdruck gebracht. Wer das nicht konnte, der mochte hingehen und sich weiter üben, immer und immer wieder, und nicht nachgeben, bis auch er etwas konnte, bis auch ihm etwas glückte.

Meine Dichtungen sind alle ohne Absichten, ohne Tendenzen entstanden. Wenn ich aber nachträglich nach einem gemeinsamen Sinn in ihnen suche, so finde ich allerdings einen solchen: vom »Camenzind« bis zum »Steppenwolf« und »Josef Knecht« können sie alle als eine Verteidigung (zuweilen auch als Notschrei) der Persönlichkeit, des Individuums gedeutet werden. Der einzelne, einmalige Mensch mit seinen Erbschaften und Möglichkeiten, seinen Gaben und Neigungen ist ein zartes, gebrechliches Ding, er kann wohl einen Anwalt brauchen. Und so wie er alle großen und starken Mächte gegen sich hat: den Staat, die Schule, die Kirchen, die Kollektive jeder Art, die Patrioten, die Orthodoxen und Katholiken aller Lager, die Kommunisten oder Faschisten nicht minder, so habe ich und haben meine Bücher immer alle diese Mächte gegen sich gehabt und bekamen ihre Kampfmittel, die anständigen wie die brutalen und gemeinen, zu spüren. Es wurde mit tausendmal bestätigt, wir gefährdet, schutzlos und angefeindet der Einzelne, der nicht Gleichgeschaltete in der Welt steht, wie sehr er des Schutzes, der Ermutigung, der Liebe bedarf. Zugleich zeigte sich aber im Laufe meiner Erfahrungen auch, daß in allen Lagern und Gemeinschaften, von den christlichen bis zu den kommunistischen und faschistischen, Unzählige vorhanden sind, denen die Gleichschaltung trotz ihrer Vorteile und Bequemlichkeiten nicht genügt, deren Seele in der Orthodoxie notleidet. Und so stehen den massiven Ablehnungen und Angriffen der Kollektive Tausende von mehr oder weniger ratlosen Fragen und Beichten Einzelner gegenüber, denen meine Bücher (und natürlich nicht nur die meinen) etwas wie Wärme, Trost, Aufrichtung geben. Sie fühlen sich von ihnen aber nicht immer nur bestärkt und ermuntert, sondern recht oft auch verführt und verwirrt; denn sie sind an die Sprache der Kirchen und Staaten, an die Sprache der Orthodoxien, der Katechismen, der Programme gewöhnt, an eine Sprache, die den Zweifel nicht kennt und keine andere Antwort erwartet und duldet als die des Glaubens und Gehorsams. Es gibt eine Menge von jungen Leuten unter meinen Lesern, die nach kurzer Begeisterung für »Demian«, für »Steppenwolf« oder »Goldmund« gern wieder zu ihrem Katechismus oder zu ihrem Marx oder Lenin oder Hitler zurückkehren. Und dann wieder gibt es solche, die sich nach dem Lesen solcher Bücher nun allen Gemeinsamkeiten und Bindungen entziehen zu müssen meinen und sich dabei auf mich berufen. Ich vertraue aber darauf, daß es auch sehr viele andere gebe, die aus unsern Dichtungen so viel aufnehmen, als ihre Natur erlaubt, die einen Autor wie mich als Anwalt des Individuums, der Seele, des Gewissens gelten lassen, ohne sich ihm wie einem Katechismus, einer Orthodoxie, einem Marschbefehl unterzuordnen und ohne die hohen Werte der Gemeinschaft und Einordnung über Bord zu werfen. Denn diese Leser spüren, daß es mir weder um die Zerstörung der Ordnungen und Bindungen zu tun ist, ohne die ein menschliches Zusammenleben unmöglich wäre, noch um die Vergottung des Einzelnen, sondern um ein Leben, in dem Liebe, Schönheit und Ordnung herrschen, um ein Zusammenleben, in dem der Mensch nicht zum Herdenvieh wird, sondern die Würde, die Schönheit und die Tragik seiner Einmaligkeit behalten darf. Ich zweifle nicht daran, daß ich zuweilen geirrt und gefehlt habe, daß ich manchmal allzu leidenschaftlich war und daß mancher junge Leser durch Worte von mir verwirrt und gefährdet worden ist. Aber wenn Sie die Mächte betrachten, die in der heutigen Welt der Entwicklung des Einzelnen zur Persönlichkeit, zum Vollmenschen hindernd entgegenstehen, wenn Sie den phantasiearmen, schwach beseelten, den ganz nur angepaßten, nur gehorsamen, nur gleichgeschalteten Typus Mensch betrachten, der das Ideal der großen Kollektive und vor allem des Staates ist, dann wird es Ihnen nicht schwerfallen, für die kämpferischen Gebärden des kleinen Don Quichote gegen die großen Windmühlen Verständnis und Nachsicht aufzubringen. Der Kampf scheint aussichtslos und unsinnig. Viele bringt er zum Lachen. Und doch muß er gekämpft werden, und doch hat Don Quichote nicht minder recht als die Windmühlen.

Die Kunst gehört zu den Funktionen der Menschheit, die dafür sorgen, daß Menschlichkeit und Wahrheit fortbestehen, daß nicht die ganze Welt und das ganze Menschenleben in Haß und Partei, in lauter Hitlers und Stalins zerfällt. Der Künstler liebt die Menschen, er leidet mit ihnen, er kennt sie oft sehr viel tiefer, als je ein Politiker oder Wirtschafter sie gekannt hat, aber er steht nicht als ein Herrgott oder Redakteur über ihnen, der genau weiß, wie alles sein sollte. Was heißt denn »Gesinnung«? Der Heiland zum Beispiel hat ohne Zweifel die Armen geliebt und die Habgier verurteilt, er hat aber niemals ein Programm aufgestellt, wie durch normierte Gesinnungen, Parteien, Revolutionen etc. künftig die Armut abgeschafft werden könne, sondern hat aufs deutlichste erkannt und ausgesprochen, daß es allezeit Arme geben werde. ...
Hast Du wirklich nie gefühlt, daß es mir damit ernst ist, daß ich die Programme und fertig formulierten »Gesinnungen« nur darum ablehne, weil sie die Menschen unendlich verdummen, und daß ich für Gut und Böse ein ziemlich zartes Gewissen habe?

Man sollte Bücher nicht mit solchen Gedanken und Fragen lesen, wie Sie es tun. Wenn Sie eine Blume betrachten oder an ihr riechen, so werden Sie ja auch nicht gleich darauf die Blume zerpflücken und zerrupfen, sie untersuchen und mikroskopieren, um herauszukriegen, warum sie so aussehen und so duften muß. Sondern Sie werden eben die Blume, ihre Farben und Formen, ihren Duft, ihr ganzes Dasein in seiner Stille und Rätselhaftigkeit auf sich wirken lassen und in sich aufnehmen. Und Sie werden von dem Blumenerlebnis genau in dem Maß bereichert sein, in dem Sie der stillen Hingabe fähig sind.
So wie mit der Blume sollten Sie es mit den Büchern der Dichter auch machen.

Wer fähig ist, einen Dichter wirklich zu lesen, nämlich ohne Fragen, ohne intellektuelle oder moralische Resultate zu erwarten, in einfacher Bereitschaft, das aufzunehmen, was der Dichter gibt, dem geben diese Werke in ihrer Sprache jegliche Antwort, die er sich nur wünschen kann.
... »Deuten« ist ein Spiel des Intellekts, ein oft ganz hübsches Spiel, gut für kluge aber kunstfremde Leute, die Bücher über Negerplastik oder Zwölftonmusik lesen und schreiben können, aber nie ins Innere eines Kunstwerkes Zugang finden, weil sie am Tor stehen, mit hundert Schlüsseln daran herumprobieren, und gar nicht sehen, daß das Tor ja offen ist.

Was wir Gutes zu zeigen haben an Kunst und Dichtung, das ist nicht aus feiler Anpassungsfähigkeit und glücklichem Zeitinstinkt entstanden, sondern aus Charaker und Not, das meiste davon im Trotz und Krieg wider den Tag und seine nivellierenden Forderungen.

Es gibt Güte und Vernunft in uns Menschen, mit denen der Zufall spielt, und wir können stärker sein als die Natur und als das Schicksal, sei es auch nur für Stunden. Und wir können einander nahe sein, wenn es not tut, und einander in verstehende Augen sehen, und können einander lieben und einander zum Trost leben.

Und manchmal, wenn die finstere Tiefe schweigt, können wir noch mehr. Da können wir für Augenblicke Götter sein, befehlende Hände ausstrecken und Dinge schaffen, die vordem nicht waren und die, wenn sie geschlossen sind, ohne uns weiterleben. Wir können aus Tönen und aus Worten und aus andern gebrechlichen wertlosen Dingen Spielwerke erbauen, Weisen und Lieder voll Sinn und Trost und Güte, schöner und unvergänglicher als die grellen Spiele des Zufalls und Schicksals. Wir können Gott im Herzen tragen, und zuzeiten, wenn wir seiner innig voll sind, kann er aus unsern Augen und aus unsern Worten schauen und auch zu andern reden, die ihn nicht kennen oder kennen wollen. Wir können unser Herz dem Leben nicht entziehen, aber wir können es so bilden und lehren, daß es dem Zufall überlegen ist und auch dem Schmerzlichen ungebrochen zuschauen kann.

Widmungsverse
zu einem Gedichtbuch

Blätter wehen vom Baume,
Lieder vom Lebenstraume
Wehen spielend dahin;
Vieles ist untergegangen,
Seit wir zuerst sie sangen,
Zärtliche Melodien.

Sterblich sind auch die Lieder,
Keines tönt ewig wieder,
Alle verweht der Wind:
Blumen und Schmetterlinge,
Die unvergänglicher Dinge
Flüchtiges Gleichnis sind.

Wenn es ums rein Dichterische geht, dann ist mir Mörikes zierlicher Vogeltritt im Schnee doch lieber als die ganze existenzialproblematische Dichtung unsrer Tage. Ein paar Takte Musik, ein reines holdes Bild wie der Vogeltritt im Schnee – und die Welt ist verwandelt und das Herz bezaubert. Und das geben alle unsre an Gott oder an die Welt gerichteten Fragen und Klagen den Lesern nicht.

Wo Ratio und Magie Eins werden... ist vielleicht das Geheimnis aller höheren Kunst...

Bücher

Alle Bücher dieser Welt
Bringen dir kein Glück,
Doch sie weisen dich geheim
In dich selbst zurück.

Dort ist alles, was du brauchst,
Sonne, Stern und Mond,
Denn das Licht, danach du frugst,
In dir selber wohnt.

Weisheit, die du lang gesucht
In den Büchereien,
Leuchtet jetzt aus jedem Blatt –
Denn nun ist sie dein.

Quellennachweis

Seite 7 *Die Sprache der Natur:* Teildruck aus »Über Schmetterlinge«. Geschrieben 1935. In H. Hesse, »Kleine Freuden«, Frankfurt am Main 1977, S. 284 ff.

10 *Wieder steig ich:* Motto zu folgendem Text: *Kindheit des Zauberers:* Geschrieben 1923. Aus »Traumfährte« WA 6*, S. 371 ff.

33 *Manchmal:* Geschrieben 1920. Aus H. Hesse, »Die Gedichte«, Frankfurt am Main 1977.

34 *Heimat:* Geschrieben 1918. Aus H. Hesse, »Die Kunst des Müßiggangs«, Frankfurt am Main 1973, S. 190 f.

36 Zitat aus H. Hesse, »Gesammelte Briefe« Bd. 1, Frankfurt am Main 1973, S. 314.

38 Zitat aus »Reisebilder«. Geschrieben 1906. In »Kleine Freuden« a.a.O. S. 40.
Schwarzwald: Aus »Die Gedichte« a.a.O.

39 *Floßfahrt:* Geschrieben 1928. Aus »Die Kunst des Müßiggangs« a.a.O. S. 273 ff.

44 Zitat aus H. Hesse, »Ausgewählte Briefe«, Frankfurt am Main 1974, S. 367.

45 Zitat aus »Alemannisches Bekenntnis«. Geschrieben 1919. In »Kleine Freuden« a.a.O. S. 147 f.

47 Zitat aus »Sehnsucht nach Indien«. Geschrieben 1925. In »Kleine Freuden« a.a.O. S. 171
Zitat aus »Ausgewählte Briefe« a.a.O. S. 504 f.

48 *Licht der Frühe:* Geschrieben 1953. Aus »Die Gedichte« a.a.O.
Der Brunnen im Maulbronner Kreuzgang: Geschrieben 1914. Aus »Die Kunst des Müßiggangs« a.a.O. S. 165 ff.

53 *Im Kreuzgang*: Geschrieben 1914. Aus »Die Gedichte« a.a.O.

* WA = H. Hesse-Werkausgabe. Frankfurt am Main 1970. Dahinter die jeweilige Bandnummer mit Seitenverweis.

54 *In der Augenklinik:* Geschrieben 1902. Aus »Die Kunst des Müßiggangs« a.a.O. S. 64 ff.
57 *Sprache:* Geschrieben 1928. Aus »Die Gedichte« a.a.O.
58 *Die Natur ist überall schön:* Teildruck aus »Vom Naturgenuß«. Geschrieben 1907/8. In »Die Kunst des Müßiggangs« a.a.O., S. 100 ff.
60 Zitat aus »Beschreibung einer Landschaft«. Geschrieben 1946/47. In »Späte Prosa« WA 8, S. 433 f.
61 Zitat aus H. Hesse, »Kurgast«. Geschrieben 1923. WA 7, S. 110.
62 Zitat aus H. Hesse, »Peter Camenzind«. Geschrieben 1903. WA 1, S. 452 f.
65 *Weiße Wolken:* Geschrieben 1902. Aus »die Gedichte« a.a.O.
Schönheit und Schwermut der Wolken: Teildruck aus »Peter Camenzind« WA 1 S. 353 ff.
68 *Die leise Wolke:* Geschrieben 1901. Aus »Die Gedichte« a.a.O.
Wolken: Geschrieben 1907. Aus »Die Kunst des Müßiggangs« a.a.O. S. 75 ff.
73 *Frühling:* Geschrieben 1907. Aus »Die Gedichte« a.a.O.
74 *Im Garten:* Geschrieben 1907. Aus »Kleine Freuden« a.a.O. S. 50 ff.
80 *Der Blütenzweig:* Geschrieben 1913. Aus »Die Gedichte« a.a.O.
Zitat aus H. Hesse, »Demian«. Geschrieben 1917. WA 5, S. 104 f.
82 Zitat aus »Eine Flußreise im Herbst«. Geschrieben 1905. In H. Hesse »Gesammelte Erzählungen«, Frankfurt am Main 1977.
83 *Landstreicherherberge:* Geschrieben 1901. Aus »Die Gedichte« a.a.O.
84 *Musik:* Geschrieben 1914. Aus »Die Kunst des Müßiggangs« a.a.O. S. 172 ff.
92 *Flötenspiel:* Geschrieben 1940. Aus »Die Gedichte« a.a.O.
93 *Reiselust:* Geschrieben 1910. Teildruck aus »Betrachtungen« WA 10, S. 13 f.

94 Teildruck aus »Ein Reisetag«. Geschrieben 1913. In »Die Kunst des Müßiggangs« a.a.O. S. 160 ff.

96 *Reiselied:* Geschrieben 1911. Aus »Die Gedichte« a.a.O.

97 *Heimat in sich haben:* Teildruck aus H. Hesse, »Wanderung« (1920), WA 6, S. 169 f.

99 *Bäume:* Aus »Wanderung«, WA 6 S. 151 ff.

101 *Über die Alpen:* Geschrieben 1901. Aus »Die Gedichte« a.a.O.

102 *Bauernhaus:* Aus »Wanderung«, WA 6, S. 133 ff.

104 *Andacht:* Geschrieben 1917. Aus »Die Gedichte« a.a.O.

105 Zitat aus einer Buchbesprechung. In WA 12, S. 33.

106 *Gang im Frühling:* Geschrieben 1920. Aus »Die Kunst des Müßiggangs« a.a.O. S. 196 f.

108 *Frühlingstag:* Aus »Die Gedichte« a.a.O.
Schmetterlinge: Geschrieben 1935. Teildruck aus »Über Schmetterlinge« in »Kleine Freuden« a.a.O. S. 287 ff.

115 *Leben einer Blume:* Geschrieben 1933. Aus »Die Gedichte a.a.O.
Sommer: Teildruck aus »Die Marmorsäge«. Geschrieben 1904. In »Gesammelte Erzählungen« a.a.O.

118 *Sommerwanderung:* Geschrieben 1902. Aus »Die Gedichte« a.a.O.
Der Schnitter Tod: Geschrieben 1905. Aus H. Hesse, »Bodensee«, Sigmaringen 1977, S. 100 ff.

124 *Dorfkirchhof:* Geschrieben 1908. Aus »Die Gedichte« a.a.O.
Klage um einen alten Baum: Geschrieben 1927. Aus »Die Kunst des Müßiggangs« a.a.O. S. 247 ff.

130 *Gegensätze:* Geschrieben 1928. Aus »Die Kunst des Müßiggangs« a.a.O, S, 265 ff.

136 *Wenn des Sommers Höhe überschritten:* Aus »Die Gedichte« a.a.O.
Zwischen Sommer und Herbst: Geschrieben 1930. Aus »Kleine Freuden« a.a.O. S. 261 ff.

142 Zitat aus »Spaziergang im Zimmer«. Geschrieben 1928. In »Kleine Freuden« a.a.O. S. 258.

144 *Rückgedenken:* Geschrieben 1933. Aus »Die Gedichte« a.a.O.

145 *Herbstwald:* Teildruck aus »Herbst – Natur und Literatur«. Geschrieben 1926. In »Kleine Freuden« a.a.O. S. 19 ff.

148 *Elegie im September:* Geschrieben 1912. Aus »Die Gedichte« a.a.O.

149 *Vor einer Sennhütte im Berner Oberland:* Geschrieben 1914. Aus »Die Kunst des Müßiggangs« a.a.O. S. 162 ff.

153 *Schlittenfahrt:* Geschrieben 1902. Aus »Die Gedichte« a.a.O.

154 Zitat aus »Kofferpacken«. Geschrieben 1926. In »Kleine Freuden« a.a.O. 210 f.

155 *Massenandachten ...:* Teildruck aus »Rückkehr aufs Land«. Geschrieben 1927. In »Die Kunst des Müßiggangs« a.a.O. 289 ff.

157 *Sommersprossen ...:* Teildruck aus »Luftreise«. Geschrieben 1928. In »Die Kunst des Müßiggangs« a.a.O. S. 281 ff.

159 *Fahrt im Aeroplan:* Geschrieben 1913. Aus »Die Gedichte« a.a.O.

160 *Träumen:* Teildruck aus »Traumgeschenk« in »Späte Prosa«, WA 8, S. 419 ff.

163 Teildruck aus »Nächtliche Spiele«, WA 10, S. 280 ff.

165 *Aquarell:* Geschrieben 1926. Aus »Die Kunst des Müßiggangs« a.a.O. S. 230 ff.

171 *Malerfreude:* Geschrieben 1918. Aus »Die Gedichte« a.a.O.

Sprache: Geschrieben 1917. Aus »Betrachtungen«, WA 11, S. 191 ff.

178 Zitat aus »Ausgewählte Briefe« a.a.O. S. 524.

179 *Sprachgeschmack und Sprachgehör:* Teildruck aus »Glück« in »Späte Prosa«, WA 8, S. 480 ff.

181 Zitat aus dem »Rigi-Tagebuch« in »Späte Prosa«, WA 8, S. 410.

182 Zitat aus »Ausgewählte Briefe« a.a.O. S. 525 f.

183 Teildruck aus »Magie des Buches«. Geschrieben 1930, WA 11, S. 251 ff.

185 Teildruck aus *Schreiben und Schriften.* Geschrieben 1960. Aus H. Hesse, »Die Welt der Bücher«, Frankfurt am Main 1977, S. 354 ff.
193 Zitat aus »Weihnachtsgaben« in »Kleine Freuden« a.a.O. S. 349.
194 Zitat aus »Aquarellmalen« in »Kleine Freuden« a.a.O. S. 239.
Zitat aus »Ausgewählte Briefe« a.a.O. S. 418 ff.
197 Zitat aus »Ausgewählte Briefe« a.a.O. S. 165 f.
198 Zitat aus »Ausgewählte Briefe« a.a.O. S. 161.
Zitat aus »Ausgewählte Briefe« a.a.O. S. 458 f.
199 Zitat aus »Brief aus Bern«. Geschrieben 1917 in »Kleine Freuden« a.a.O. S. 114.
Zitat aus H. Hesse, »Gertrud«. Geschrieben 1908/9. WA 3, S. 189.
200 *Widmungsverse zu einem Gedichtbuch:* Geschrieben 1934. Aus »Die Gedichte« a.a.O.
Zitate aus »Ausgewählte Briefe« a.a.O. S. 446 und 531.
201 *Bücher:* Geschrieben 1918. Aus »Die Gedichte« a.a.O.

Das Werk von Hermann Hesse

Gesammelte Schriften in sieben Bänden. Leinen und Leder
– Werkausgabe. Zwölf Bände. Leinenkaschur
Gesammelte Briefe in vier Bänden. Unter Mitwirkung von Heiner Hesse herausgegeben von Ursula und Volker Michels. Leinen
Die Romane und die Großen Erzählungen. Jubiläumsausgabe zum hundersten Geburtstag von Hermann Hesse. Acht Bände in Schmuckkassette
– Gesammelte Erzählungen. Geschenkausgabe in sechs Bänden
Gesammelte Werke in Einzelausgaben in blauem Leinen. Von dieser Ausgabe sind gegenwärtig lieferbar:
– Beschwörungen. Späte Prosa – Neue Folge
– Das Glasperlenspiel. Vollständige Ausgabe in einem Band. Dünndruck
– Demian. Die Geschichte von E. Sinclairs Jugend
– Der Steppenwolf. Roman
– Frühe Prosa
– Gedenkblätter. Ein Erinnerungsbuch. Erweiterte Ausgabe zum 85. Geburtstag des Dichters
– Narziß und Goldmund
– Prosa aus dem Nachlaß
– Siddhartha. Eine indische Dichtung
– Traumfährte. Erzählungen und Märchen

Einzelausgaben:
– Aus Indien. Erinnerungen, Erzählungen, Tagebuchaufzeichnungen. Herausgegeben von Volker Michels. st 562
– Italien. Schilderungen, Tagebücher, Gedichte, Erzählungen. Herausgegeben von Volker Michels. st 689
– Ausgewählte Briefe. Zusammengestellt von Hermann Hesse und Ninon Hesse. st 211
– Briefe an Freunde. Rundbriefe 1946–1962. Zusammengestellt von Volker Michels. st. 380
– Musik. Betrachtungen. Mit einem Essay von Hermann Kasack, herausgegeben von Volker Michels. st 1217
– Briefwechsel:
Hermann Hesse – Rudolf Jakob Humm. Briefwechsel. Herausgegeben von Ursula und Volker Michels. Leinen
Hermann Hesse – Thomas Mann. Briefwechsel. Herausgegeben von Anni Carlsson. Leinen
Hermann Hesse – Peter Suhrkamp. Briefwechsel 1945–1959. Herausgegeben von Siegfried Unseld. Leinen